Una mujer a quien amar

THEODOR KALLIFATIDES

Una mujer a quien amar

Traducción de
Eva Gamundi Alcaide
y Carmen Montes Cano

Galaxia Gutenberg

SWEDISH
ARTSCOUNCIL

Esta traducción ha recibido una ayuda del Swedish Arts Council.

Título de la edición original: *En kvinna att älska*
Traducción del sueco: Carmen Montes Cano y Eva Gamundi Alcaide

Publicado por
Galaxia Gutenberg, S.L.
Av. Diagonal, 361, 2.º 1.ª
08037-Barcelona
info@galaxiagutenberg.com
www.galaxiagutenberg.com

Primera edición: septiembre de 2025

© Theodor Kallifatides, 2003, 2025
© de la traducción: Carmen Montes Cano y Eva Gamundi Alcaide, 2025
© Galaxia Gutenberg, S.L., 2025

Preimpresión: Maria Garcia
Impresión y encuadernación: Romanyà-Valls
Sant Joan Baptista, 35, La Torre de Claramunt-Barcelona
Depósito legal: B 11512-2025
ISBN: 979-13-87605-04-9

Cualquier forma de reproducción, distribución, comunicación pública
o transformación de esta obra sólo puede realizarse con la autorización
de sus titulares, aparte de las excepciones previstas por la ley. Diríjase a CEDRO
(Centro Español de Derechos Reprográficos) si necesita fotocopiar o escanear
fragmentos de esta obra (www.conlicencia.com; 91 702 19 70 / 93 272 04 45)

I

Un viento del este, afilado como un tejón, me llevó a subir apresuradamente las escaleras que conducían al jardín de la iglesia María Magdalena, donde vi a Milena entre muchos hombres y mujeres con ropa oscura. Ella iba toda vestida de negro, lo que le realzaba la desnudez del rostro y del largo cuello, y le otorgaba el aspecto de un cisne doliente.

Al verme, dio unos pasos rápidos en mi dirección. Abrí los brazos sin pensarlo, como hacía cuando mis hijos empezaron a dar sus primeros pasos. En realidad, así era. La joven estaba dando sus primeros pasos en una nueva vida.

Olga estaba muerta.

Y ahora yo estaba acogiendo a su amiga más íntima. En lo resuelto del abrazo reconocí la energía de Olga. Siempre tuvo la capacidad de dejar atrás el cuerpo y de acariciar la mariposa negra del pecho con sus manos delgadas y fuertes.

–Tienes que ser fuerte –dije.

–Lo sé.

¿Quién estaba consolando a quién?

¿El hombre que pronto cumpliría sesenta y tres años o la mujer de treinta?

Milena se retiró de un modo tan afectuoso que más pareció un abrazo a la inversa. Hay personas cuya esencia es una caricia prolongada. Olga era una de ellas. Daba la impresión de que su amiga también había llegado a serlo.

No era de extrañar. Debido a las circunstancias, Olga no había sido sólo una amiga, sino también una hermana mayor y una madre.

No dejaba de llegar gente. Algunos eran griegos o medio griegos. Otros eran suecos o medio suecos. Varios eran rusos. Olga era un tercio griega, un tercio rusa y un tercio sueca. Su madre era rusa; su padre, griego, y ella nació en Suecia. Amaba Grecia con pasión y soñaba con terminar sus días allí. Pero también amaba Suecia con pasión y vivió sus días aquí. Rusia no ocupaba un lugar muy importante en su vida más allá de que idolatraba a Dostoyevski y Chéjov.

«Dostoyevski me convirtió en ser humano; Chéjov, en mujer», decía siempre.

Miré a mi alrededor. Conocía a algunas personas, ni mucho menos a todas.

Eran emigrantes de mi generación, habían envejecido, como yo; unos estaban marcados por las enfermedades, otros por el hecho de ser extraños, algunos habían quedado atrapados en un tiempo pretérito como moscas en la miel. También había varias personas más jóvenes, los llamados inmigrantes de segunda generación, y se veía que algunos ya se habían convertido en extraños.

Les estreché la mano a varios y después entré en la iglesia. Delante del altar se encontraba el ataúd con flores y velas, como si Olga fuera a casarse con la muerte. En cierto modo, era lo que iba a hacer. «Muerte, ¿aceptas a Olga para amarla y cuidarla por toda la eternidad?»

Me apresuré a sentarme en un banco y me puse a hojear la Biblia que había allí. En aquellos momentos, se me vinieron a la cabeza todos los pensamientos banales imaginables. Lo injusto que era, lo inesperado, que apenas tenía cincuenta y un años, lo mucho que le quedaba por hacer, ahora que por fin le había llegado el momento de disfrutar de la vida… y así sucesivamente.

Ante la muerte no somos nada originales. Por otro lado, la muerte tampoco es muy original. A veces puede llegar por sorpresa, pero sabemos que llega.

Las manzanas que rodean la plaza de Mariatorget y la iglesia de María Magdalena siempre han sido mi Estocolmo, con una estancia breve en la elegante zona de Lärkstaden. Fue a mediados de los sesenta, poco después de mi llegada a Suecia. Me alojaba en régimen de pensión completa en la casa de la viuda de un coronel de infantería. El piso se encontraba en la calle Bragevägen y tenía más de doscientos metros cuadrados, ciento noventa y cuatro de los cuales eran para uso de la viuda y el resto, para mí.

¿Cómo logramos sobrevivir a aquella época? Ni tan siquiera podía plantearme la pregunta directamente a mí mismo, tenía que dar un rodeo para convertirla en una cuestión general. ¿Cómo logramos sobrevivir? Debería preguntar que cómo sobreviví yo, pero no me atrevía. No lo sabía, en realidad.

A Olga le gustaba mucho oírme hablar sobre aquella época. De cómo vivía en una habitación de seis metros cuadrados en la que sólo cabíamos una cacerola diminuta y yo. No podía hacer nada, ni cocinar ni recibir visitas. Aunque no me hacía falta cocinar. Por aquel entonces me dedicaba a fregar moldes en la pastelería Hartwig, que quedaba muy cerca, y mis emolumentos incluían una tarta del día anterior. Me agencié diecisiete caries nuevas en mi primer año en Suecia.

A Olga le gustaba sobre todo la historia en la que yo por fin conocí a una chica, nos metimos a hurtadillas con mil precauciones en mis seis metros cuadrados, nos tumbamos y nos dimos cuenta de que no tenía condones. Se negó en redondo. No cabía más que volver a salir en busca de condones. Yo sabía que había un dispensador Adamsson en una calle por el cruce de Jarlaplan, pero no recordaba dónde exactamente. Estábamos a veinte grados bajo cero. Los primeros minutos fui deambulando con una erección considerable, pero cuando al fin encontré el dispensador, el miembro se me había encogido hasta convertirse en una miniatura de sí mismo. Creo que nunca había estado tan pequeño. Además, era incapaz de leer las instrucciones y de distinguir los artículos a la venta. Me pasé cerca de media hora toqueteando la máquina a tientas. Estaba a punto de morirme congelado. Al final salió un paquetito, no me preocupé de comprobar lo que era, volví a toda prisa a mis seis metros cuadrados y a la chica que me aguardaba. Su larga espera fue en vano. Y la mía también. Lo que había comprado era vitamina E. Aunque esa historia no era del todo cierta. Yo vivía en otro lugar cuando ocurrió.

Lärkstaden es una zona preciosa de Estocolmo, con grandes chalés, elegantes edificios de viviendas, callejuelas tranquilas. Pero aún casi cuatro décadas después era incapaz de pasar por allí sin sentir en mis entrañas cómo un roedor furioso despertaba a la vida y me entraban ganas de sentarme a llorar en cualquier sitio.

A veces ocurría que Olga me miraba con los ojos entornados, como si yo estuviera siempre a contraluz, y decía: «¡Si supieras lo grande que es tu dolor!». Por supuesto, yo protestaba. Sabía perfectamente lo grande que era mi dolor, pero aún no tenía capacidad para hacer algo con él. Mi dolor no era la pupa que se convertía en mariposa. Nunca dejaba de ser pupa, y allí dentro me encontraba yo como un espíritu en una botella.

Ahora estaba muerta. Ahora descansaba en el ataúd blanco con aquel cabello rubio y aquellos ojos verdosos.

En el banco que había detrás de mí se encontraba Sonja sentada con su último marido, no sabía con exactitud si era el tercero o el cuarto. Ella me cae muy bien, llegamos a Suecia al mismo tiempo, tenemos casi la misma edad y compartimos muchos momentos durante la época en la que los griegos que vivían en Suecia trabajaban contra la dictadura de Grecia. En nuestra patria fue una líder estudiantil muy célebre durante los gloriosos enfrentamientos con la policía que tuvieron lugar en Tesalónica a principios de los sesenta, hasta que se vio obligada a salir del país. Cuando nos vemos, a veces hablamos sobre los viejos tiempos, se podría decir que somos como compañeros de clase. Siempre he envidiado su alegría de vivir, sus aventuras amorosas, sus muchas empresas, sus muchos hijos. Acababa de volver a ser abuela. Olga era más severa. «Sus ganas de vivir me dan dolor de cabeza», decía siempre.

Sentí el brazo de Sonja en el hombro y me volví. Su mirada negra se veía desnuda.

–Cada vez somos menos –dijo, y me apretó el brazo con más fuerza.

Mi mezquindad no me traicionó.

–¡Tú también no! –respondí con un parpadeo.

Ella sonrió y le cogió la mano al marido. Él levantó la vista asombrado y apoyó la cabeza en el delicado hombro de Sonja.

No dejaba de entrar gente. Era miércoles por la mañana, pero se habían pedido horas libres en el trabajo, habían interrumpido sus quehaceres diarios para acudir al entierro, entre otras personas, una chica alta de color que no fui capaz de ubicar, y me pregunté qué haría allí.

Estábamos a comienzos de septiembre. Tres semanas antes había hablado con Olga por teléfono desde Gotland, donde llevaba desde principios de junio. La oí esperanzada, aunque a veces se le quebraba la voz, y me contó que estaba muy cansada de la quimioterapia. Acordamos vernos en cuanto yo volviera a Estocolmo.

Seguí con mi vida. Daba los largos paseos solitarios de siempre por la playa, mi mujer había vuelto a trabajar. Me fui haciendo cada vez más dependiente de mi estancia en Fårösund y fantaseaba con retirarme allí algún día, escogía cuidadosamente con la imaginación la que sería mi casa, hacía planes para escribir un libro sobre la comarca, desde la fortaleza de Fårösund hasta la cantera de Bungenäs. Podría ser un buen libro.

La primera vez que visitamos aquel pueblecito, a principios de los setenta, bullía de vida. Había tres tiendas de alimentación, talleres, una fábrica de vellón, dos bancos, oficina de correos, quiosco de prensa, librería, cine, un hotel precioso, unos cuantos barcos de pesca.

Treinta años después, hay una tienda de alimentación, un banco, la oficina de correos se había fusionado con la tienda de radio y televisión; habían vendido los barcos de pesca, a excepción de uno que ahora utilizaban como crucero de recreo; habían cerrado el puesto de la artillería de costa, al igual que la fábrica de vellón, la librería y uno de los bancos; también el cine, excepto unas semanas durante el verano; la gasolinera vendía productos de alimentación y prensa; una pizzería había reemplazado la antigua pensión; el hotel se había convertido en viviendas particulares y en su lugar habían levantado apartamentos de nueva construcción que parecían barracas, y en la pista de tenis la maleza alcanzaba medio metro de altura.

¡Menudo libro podía resultar!

No tenía trato con nadie, pero sí intercambiaba algunas palabras con los vecinos. A veces con Anna, que tiene más de ochenta años, pero que aún recorre cinco kilómetros en bici todos los días hasta el pueblo para hacer la compra; a veces con Birre, que se convierte en gotlandesa en verano como yo, y que se pasa los días enteros delante del ordenador traduciendo películas y series. Sólo al final de la tarde se la ve gateando por los arriates, seguida de cerca por su gato, que en una ocasión estuvo tres semanas desaparecido, pero regresó ileso y más contento que nunca.

A quienes más veo es a Barbro y a Göran, que viven en la antigua casa de Nisse, en la parcela de al lado. Nisse y Edith, su mujer, nos echaron una mano cuando nuestra joven familia llegó al pueblo. Edith murió primero; asistí a su entierro en un día caluroso de verano, me puse una camisa blanca con el cuello abierto porque no tenía corbata. Nisse continuó solo un tiempo, hablábamos a veces mientras fumábamos, aunque el médico se lo había prohibido. Pero era lo único que le quedaba, decía, y le daba igual el médico. Añoraba a «su chiquilla» de una forma espantosa, la vida sin una «mujer» no era vida. Todos los años celebrábamos su cumpleaños el diecisiete de julio con tarta, café y licor. Izábamos la bandera. Y Nisse se fue haciendo mayor y un verano, cuando llegamos, ya no estaba. Vivía en una residencia. Fui a visitarlo. Estaba dormido con la ropa puesta y la boca abierta. No lo desperté. Aquella fue la última vez que lo vi. Poco después falleció.

Para entonces ya nos habíamos ido de allí. Barbro, la hija, se hizo cargo de la casa con Göran, su marido, que sigue los pasos de Nisse. Ayuda a todo el mundo con todo. Aunque hay una cosa de la que es incapaz. Es incapaz de callar a sus gallinas, que suenan como cocodrilos agonizando cuando empollan los huevos. También hay un gallo, que es un tirano de primera categoría. Vigila cada paso que dan las gallinas, no para de pisarlas con una naturalidad que me saca los colores, y me detesta. En cuanto pongo el pie en su terreno, corre a mi encuentro con el pico en ristre.

Está celoso, y con razón, ya que sus gallinas son las únicas que han demostrado algún interés por mí en mucho tiempo.

Y así fue también en esta ocasión, quería pedirle prestada a Göran una cizalla, pero el gallo estuvo persiguiéndome hasta que me echó y por cierta solidaridad masculina dejé que se saliera con la suya. No quería demostrar que era más fuerte. Además, lo de la cizalla podía esperar. Estaba a punto de poner en marcha el cortacésped cuando sonó el teléfono. Dejé que sonara y me empleé con el extremo más alejado del jardín, donde crecen multitud de aguileñas que mi mujer mantiene todo el verano hasta que se marchitan, y sólo entonces puedo cortarlas, cosa que hago con cierta agresividad, porque nunca he logrado comprender por qué las cosas siempre salen como ella quiere. Yo lo que quiero es cortarlas al principio. Y en cambio me veo obligado a dar un rodeo para esquivarlas, lo que me acarrea muchas molestias.

Me pasé más de una hora trabajando concentrado, después me senté en la hamaca con un café y la pipa para contemplar el esfuerzo perseverante de la hembra de papamoscas por alimentar a sus crías. No paraba desde primera hora de la mañana hasta última hora de la tarde. Iba y venía, y vi que seguía un patrón. Nunca volaba directa al nido, sino que antes hacía una escala siempre en la misma rama, comprobaba los alrededores con giros rápidos de la cabeza y, cuando estaba segura de que no había ningún peligro, volaba rápidamente al nido, donde cuatro picos se abrían de par en par. Pero, por lo general, sólo una de las crías conseguía algo. Las otras tres se quedaban sin nada. Me imaginaba que habría elaborado algún sistema para hacer un reparto justo, pero al cabo de unos días de observación quedó claro que no tenía ningún sistema.

Quien primero viene, primero muele, se podría decir. Pronto empezó a verse que uno de los polluelos era más alto que los demás y que se volvía más alto y más fuerte a medida que pasaban los días. Poco a poco empezó a tener competencia de otro de los polluelos, mientras que a los otros dos se los veía cada vez menos. Hasta que murieron y me pregunté qué haría la madre con los cadáveres. Continuó alimentando a las dos crías que quedaban con igual perseverancia.

Era fantástico comprobar lo rápido que crecían. Al cabo de un par de semanas ya estaban listas para volar, pero no eran muy aventureras. Ejercitaban las alas de pie en el borde del nido y, cuando la hembra llegaba volando, volvían a ser crías y abrían la boca.

Al volver a nuestra casita, a principios de junio, estaba solo y Göran me dijo con una sonrisa enigmática que tenía invitados. No caí en lo que decía hasta que me enseñó el nido que estaban construyendo. Habían escogido el lugar con cuidado, estaba protegido del viento y la lluvia, y no muy visible en el espacio que quedaba encima de una viga y bajo el techo de la entrada. Ahora bien, los papamoscas no eran grandes constructores. El nido parecía más una vivienda transitoria, pero al parecer era lo bastante buena, porque al poco la hembra se sentó dentro a poner huevos. Lo único que se veía eran sus plumas grises y blancas cada vez que necesitaba moverse.

Y allí se colocó la entregada papamoscas gris, cuyo nombre en latín, *muscicapa ficédula,* parece el aria de una ópera. No se veía ningún macho de papamoscas. Y pronto llegaría el momento de que las crías echaran a volar. Una hermosa mañana saldría a la entrada y me encontraría el nido vacío.

Seguro que me daría pena, como cuando se termina una serie de televisión que te gusta. Me quedé allí un ratito más, bajo el codeso, cuando de repente vi en la pantalla del móvil que me habían llamado mientras estaba ocupado con el cortacésped, un viejo Briggs & Stratton muy potente de 3,5 caballos que sonaban como cien.

«Llamada perdida», rezaba el funesto aviso, y me apresuré a ver qué me había perdido. No reconocía el número. Entré en la casa para llamar desde el fijo de toda la vida. ¿Quién sería?

El rey no, estaba en Öland, y el número era de Estocolmo. Otra sorpresa agradable no me esperaba. Resultó ser mejor aún.

Era Milena.

Somos viejos amigos. Antes de conocerla, ya sabía de su historia. Era de Kósovo y había participado activamente en la lucha por la independencia de la provincia. Y también había pagado un alto precio por ello. Las milicias la arrestaron, la encerraron en distintas cárceles, permitieron que la torturaran con toda la fantasía perversa de la que eran capaces aquellos verdugos drogados. Aun así, no dijo ni una palabra, no dio ni un solo nombre más que el suyo. Había pocos albanokosovares que no hubieran oído hablar de aquella joven valiente a la que no consiguieron doblegar. Al final los verdugos se cansaron y dejaron que abandonara el país.

Tenía veintitantos, era delgada y gris como mi papamoscas. Hablaba lo menos posible sobre el tiempo en las cárceles de la junta, sobre la tortura. Otros sacaron partido de esas historias, algunos se forjaron una carrera como autores o los canonizaron como héroes de la democracia.

Esas cosas no iban con Milena, ella guardaba silencio. Olga cuidó de ella y la llevó a Suecia. Eso fue en la época en la que trabajaba de técnica para lo que más adelante se conocería como la Dirección General de Migraciones.

Milena llegó aquí con todas las heridas abiertas y un corazón del tamaño de Funäsdalen. En poco tiempo, se convirtió en una fuerza que reunía a toda clase de criaturas exiliadas en Estocolmo. En su cuarto se abordaban problemas políticos, sentimentales y eróticos.

Recuerdo en particular una noche en la que unos chicos y chicas jóvenes debatían la delicada cuestión de la importancia del tamaño. Todos los que llevábamos bastante tiempo en Suecia hablábamos sin tapujos sobre pollas y coños, sólo Milena se empeñaba en llamar al pene «pájaro», que era uno de los innumerables sinónimos para el órgano sexual masculino en los Balcanes. Para el lector con gusto por lo enciclopédico puedo nombrar unos cuantos más. El príncipe, la familia, el pirata tuerto, la pata de palo, el secreto, el pistolero, el destornillador, entre otros.

La mayoría estaba de acuerdo en que un pene grande era preferible, pero Milena, que tenía unas experiencias totalmente diferentes, adoptó una expresión afligida y dijo que no le gustaban los chicos de pájaro grande. Creo que no entendió por qué nos reíamos.

Aprendió sueco con una rapidez sorprendente, enseguida se puso a traducir a autores suecos y la primera vez que salió algo suyo publicado me invitó a una comida principesca con pescado a la sosa y ensalada de ajo. Era mi *royalty*.

Pero no tenía la intención de vivir fuera de su tierra para siempre. Regresó en cuanto lo permitió la situación y continuó donde lo había dejado cinco años atrás. Se lanzó a la política, la eligieron para integrar el gobierno municipal, organizó veladas culturales, la restauración de casas en ruinas, arregló la calzada que conducía al pueblo, nunca se casó. El maltrato le había arrebatado la oportunidad de tener hijos.

Durante años, el único contacto que tuvimos fue indirecto. Sabía de ella a través de Olga, que iba a visitarla al pueblo en verano. Recibía informes detallados sobre cómo se sentaban en la terraza de Milena por las tardes y contemplaban las elevadas montañas llenas de uranio; cómo tomaban queso de oveja y aceitunas y bebían vino seco mientras la cálida oscuridad del entorno se volvía como un ser vivo con mil manos acariciantes.

Las dos mujeres no estaban próximas en edad, Olga era bastante mayor. Sin embargo, alcanzaron todo el grado de intimidad que se puede alcanzar sin ser una pareja de amantes, y probablemente más aún, puesto que en ocasiones una cama compartida puede llegar a ser un río innavegable que separa a dos personas. Milena veía a Olga como una hermana, los amigos de Olga eran sus amigos y los enemigos de Olga eran sus enemigos.

Ahora se encontraba en Estocolmo. En cuanto se enteró de la enfermedad de Olga, lo dejó todo y cogió un avión. Acababa de estar en el hospital. Cuando Olga la vio, sonrió con dulzura.

«¿Has venido porque me voy a morir?»

Eso le dijo, pero sin amargura, más bien firmemente convencida de que iba a superar la enfermedad.

—¿Cómo estaba? —pregunté.

—Ay, mi querido Thodori —dijo llamándome con mi nombre griego—, nuestra amiga se está muriendo. Lenta y dolorosamente.

Olga había adelgazado muchísimo, se le hacía muy difícil respirar, le daban violentos ataques de tos que la dejaban completamente extenuada, pero no se había dado por vencida.

—Voy de inmediato —dije.

—No hace falta. No va a ser una cosa rápida.

Ella quería quedarse todo el tiempo que hiciera falta. Prometí que llamaría en cuanto volviera a Estocolmo.

–Tengo muchas ganas de verte –dijo, y yo también tenía ganas de verla.

Después hablamos un poquito sobre nosotros, pero sin ánimo. En realidad sólo queríamos hablar de Olga.

Llamé a Gotlandsbolaget, la compañía de ferris. No había plazas hasta el 24 de agosto. Faltaba casi una semana, pero según Milena no iba a ser una cosa rápida. Así que cogí lo que había.

Después volví al exterior y vi que los papamoscas habían abandonado el nido. Otra partida que me perdí.

2

Fue a mediados de febrero cuando Olga me invitó a cenar en un restaurante italiano que acababan de abrir en el barrio de Söder. La comida era excelente, igual que el vino. Estaba allí con su abrigo de pieles negro echado por los hombros y le pregunté si tenía frío. «Un poco», respondió con una sonrisa de disculpa, que era innecesaria, puesto que yo soy un gato viejo siempre aterido.

Por lo demás, irradiaba felicidad. Había terminado por fin la tesis, sólo le quedaban unas formalidades antes de que fijaran el día de la defensa. Yo había leído la tesis, me parecía que era muy potente, era capaz de ver ante mí a la joven sobre la que trataba, viví sus preocupaciones y sus cambios de humor y pude seguir el trabajo paciente de Olga a la hora de apoyarla.

Me había comprometido a ayudarle con sugerencias lingüísticas, pero resultó ser innecesario. Escribía con una prosa correcta y viva, cosa que también le dije, y ella se puso muy contenta y me dio un beso en la nariz justo donde me estaba saliendo un grano del tamaño de un minisubmarino. Le conté que el difunto Turguénev decía de Dostoyevski que era «un grano en la nariz de la literatura», y ella me respondió inmediatamente que Turguénev no era ni un grano.

Objeté que Turguénev había introducido el término nihilismo y ella soltó una carcajada. «¿Quién hay más cualificado para eso que un don nadie?»

Y así entramos en uno de nuestros deportes preferidos, enumerar a don nadies de éxito, y la lista crecía sin cesar, hasta que nos terminamos el postre y yo quise encenderme la pipa. Aguardé con las cerillas en la mano para darle fuego. Pero ella me miró malhumorada.

–¡Que lo he dejado!

–Ay, no, no lo dejes. Todas las personas que conozco que lo han dejado o están muertas o muy enfermas. En cambio, mi amigo Harry sigue con sus cincuenta cigarros al día y está tan lozano como un faro automatizado.

Lo cierto es que llevaba la cuenta de la estadística. Los amigos que habían dejado de fumar después de los cincuenta no cumplían muchos más años y los casos que sí eran una historia lamentable. Empecé a recitar mi lista de nombres, pero Olga permaneció seria. De vez en cuando cogía aire, como si de repente se diera cuenta de que llevaba un rato sin respirar.

Hice una broma al respecto.

–¡Si supieras el tiempo que llevo conteniendo la respiración! –dijo.

Sí que lo sabía.

La conocí en 1965 o 1966. Ya no lo recuerdo. Fue en casa de Anuska, su madre, que seguía irradiando fuerza y alegría, y nos habló de su primer marido, un noble finlandés al que abandonó a bordo de un ferri a Finlandia porque se había enamorado irremediablemente del joven griego que les servía champán hasta que el marido se quedaba dormido encima de la mesa con la nariz en un paté de trufa. Entonces ella tomó la decisión, de la que por otro lado se arrepintió pronto, ya que aquel griego conquistador, que tenía un órgano muy largo, «se podía tender la ropa en él», la dejó en cuanto fue obvio que estaba esperando un hijo suyo.

Pero Anuska estaba hecha de madera maciza. Cuidó de su hija, puso una tienda de costura de ropa elegante, ganó dinero, se casó con su marido sueco y nos abrió las puertas de su hogar a todos los griegos, rusos u otras aves que los vientos del mundo hubieran conducido hasta Estocolmo.

En su casa fue donde conocí a Aliosha Zosimov, que iba siempre calculando los pasos que daba para llevar la cuenta de qué distancia había entre él y Moscú, ciudad en la que había nacido. Ese hombre me enseñó lo que es la nostalgia.

Entre Anuska y yo no tardó en establecerse una franqueza que sólo he vivido con un par de amigos varones. Tenía mucha curiosidad por mi vida amorosa que, a decir verdad, no era para dar saltos de alegría. En efecto, ¿cómo era mi vida amorosa?

Marianne fue la primera mujer de la que me enamoré en Suecia. Era una de las preciosas hijas de la mansión de Saltsjöbaden donde mi amiga griega y compañera de emigración trabajaba de empleada del hogar. Fue en aquella época.

Marianne era alta, esbelta, con facciones armoniosas. Tenía una larga melena rubia, que le caía ondulada por los hombros, y en los ojos verdosos le relucía una mirada que me recordaba a mi hermanastro. Se reía mucho, sobre todo cuando una noche le dije que estaba enamorado de ella. Nos besábamos, era todo cuanto hacíamos. Era una consumidora voraz de besos, teníamos marcas de besos por todas partes excepto por los lugares decisivos. La invité a comer en Gamla Stan con el dinero que me quedaba. Dio para dos tortillas. Después comencé a trabajar en el restaurante Tegnér y conoció a otro. Estoy convencido de que era un imbécil.

A Eva la conocí de una forma más espectacular. Una noche, ya tarde, volvía después del trabajo a mi primer hogar en Suecia, en el 28 de la calle Kocksgatan. Aún era verano y hacía una noche clara y tibia. Estaba solo como un mástil en un velero abandonado. En la calle Folkungagatan, delante de una zapatería, estaba ella soñando, con su largo cabello liso de color trigueño. Sin pensarlo, me acerqué y le dije que me encantaría comprarle los zapatos que ella quisiera. Cuando se volvió, vi que tenía los ojos castaños, casi negros, y una nariz diminuta. Me sonrió, y por esa sonrisa paseamos uno junto al otro durante meses, incluso me llevó a conocer a sus padres, la cosa parecía prometedora, pero rompió conmigo. Había conocido a otro y estoy convencido de que era un imbécil.

Andando el tiempo, conocí a Bärbel, a la que había abandonado un imbécil. Era abierta, guapa y risueña, con unos ataques sorprendentes de desánimo. Aquel amor malogrado le había salido caro. Trató de superarlo con mi ayuda, pero resultó que yo no era el hombre adecuado para ayudarla. Era demasiado inseguro, demasiado inmaduro, perdía el tiempo sintiendo celos del hombre con el que había estado y era incapaz de alegrarme de que ahora estuviera conmigo. Además, la diferencia social que había entre los dos no sólo era acusada sino también insalvable. Ella era la señorita Julia y yo un Juan que no podía ni tan siquiera abrillantar unas botas. Al final me dejó, había conocido a otro y no me sorprendería que fuera un imbécil.

Eso era todo. Pero Anuska tenía otro concepto de mí y yo no estaba nada interesado en arrojar luz sobre el tema. Una tarde en su casa me enteré de que su hija había vuelto de Brasil, y esperaban que apareciera en cualquier momento. Anuska me dio a entender que la chica no era de trato fácil, pero no hablamos más del asunto.

No sé por qué, pero la primera palabra que me viene cuando recuerdo el encuentro con Olga es «punto». Un punto negro. Entró en el amplio salón, no dijo nada, se quedó a un lado como si los demás fuéramos una oración y ella fuera el punto que va al final.

—¿Era guapa? ¿Puede ser guapo un punto?

Era un signo potente en la habitación. Su belleza no empezó a apreciarse hasta las primeras horas de la madrugada, cuando ya se habían formado nuevas frases humanas, cuando ella se había soltado el rubio cabello, cuando se reía con aquellos dientecillos brillantes y dejaba a los hombres flotando a treinta centímetros del suelo.

La contemplé enmudecido. Aquella era una mujer a quien amar, pero sólo jugándose la vida. Si hubiera tenido una vida, me la habría jugado con gusto. Yo no tenía vida alguna. Apenas había aprendido a gatear por la nueva lengua, palpando en busca de la puerta secreta de acceso al jardín del paraíso sueco, y mis mujeres terminaban dejándome tarde o temprano por algún imbécil.

En resumidas cuentas, lo mejor era mantenerme fuera de su campo de fuerza, lo que en realidad no era difícil, puesto que ya había allí un montón de hombres que se apretujaban y que reñían batallas en apariencia civilizadas por conseguir su favor.

Cómo acabamos en su estudio, cómo continuamos hasta la cama, cómo fue acostarnos, lo había olvidado. Sólo recordaba su cuerpo esbelto, desnudo sobre la colcha negra, pero lo recordaba más como un cuadro que como una experiencia.

No estaría seguro de que aquello había sucedido de no ser por un detalle que se me había quedado en el cerebro igual que se queda en la boca el hueso de una aceituna. Se le empañaron los ojos mientras sollozaba «no, oh, no».

No comprendí cuál era la derrota por la que lloraba, no sabía a quién o a qué iba dirigido ese «no», y fui lo bastante vanidoso como para tomármelo como una señal de que había atravesado una defensa muy bien edificada. Tal vez fue una victoria digna de celebrarse más de una vez y, cuando por la mañana me marché de su campamento, estaba seguro de que volveríamos a vernos.

Así fue, pero no volvimos a hacer el amor nunca más. Acababa de librarse de una relación que estuvo a punto de arrebatarle la vida. El hombre era mayor y sabía cómo hacerle perder pie a una chica de diecinueve años. Fue a él al que dejó tras de sí en Río de Janeiro, aunque la pena se la trajo consigo.

«El problema no era que quisiera que fuera su esclava, sino que yo misma quería serlo; creía que no me merecía nada mejor.»

Habría sido normal hacerle esa pregunta, por qué creía algo así, pero nunca le pregunté. No estaba seguro de querer saberlo. De todos modos, teníamos muchas otras cosas de las que hablar. Quería empezar por el principio, pero no era del todo capaz. Quería estudiar, pero no se atrevía. Finalmente, y al cabo de meses de persuasión, se matriculó en unas clases nocturnas. Pensaban que fue mérito mío. Pero no. Es que no sabía qué otra cosa podía aconsejarle. ¿Una chica de diecinueve años perdida, guapa e inteligente? ¿Iba a decirle que se hiciera dependienta de H&M?

Ahora estábamos celebrando que dentro de poco podría decir que era doctora en sociología. Llevaba casi treinta años conteniendo la respiración.

Se lo dije también mientras nos tomábamos el segundo expreso en el restaurante italiano que acababan de abrir.

–Hemos sido amigos todo este tiempo. Es toda una vida –dijo ella.

–Lo dices como si fuéramos a convertirnos en enemigos.

–No, ¡pero pueden pasar muchas cosas!

Nos quedamos en silencio un rato. Por fin había entrado en calor y había dejado el abrigo de pieles en la silla de al lado. No había comido mucho. La mayor parte seguía en el plato.

—Cuando nos conocimos le tenía miedo al amor. Menos mal que lo entendiste. Y ahora...

No terminó la frase. Esperé un poco, por mi simpatía de siempre hacia la gente que no termina las frases. Yo soy uno de ellos.

Y entonces lo dijo:

—¡Ahora le tengo miedo a la muerte!

—Eso forma parte de la condición humana —sugerí.

Habíamos tenido muchas y muy largas conversaciones sobre la utilidad de recurrir al psicoanálisis. Yo no era ningún entusiasta. A ella le costaba entenderlo. Trataba mis argumentos como racionalizaciones, mientras que yo defendía que eran netamente racionales, basados en razonamientos filosóficos y epistemológicos.

A menudo me daba libros para que los leyera. Se negaba a creer que yo fuera un alma perdida para siempre, aunque reconocía que a la mayoría de los hombres griegos les aterrorizaba encontrarse consigo mismos. Yo no era ninguna excepción.

—No quieres ver tu pena, no quieres ver tu miedo, no quieres ver tu preocupación.

—Pero si eso es lo que hago en cada uno de mis libros. Además, me reivindico como experto en mí mismo.

—Qué raro. ¡Fueron los griegos los que acuñaron la expresión «conócete a ti mismo» y el griego es el pueblo menos autocrítico!

—Eso se debe a que casi siempre han estado oprimidos. ¡Los oprimidos no se pueden permitir la autocrítica!

Aquella sería la última parada de nuestro debate, creía yo.

—Si pudiera entender qué es lo que defiendes —dijo de repente con un suspiro, y yo me enfadé.

El privilegio que los creyentes del psicoanálisis se habían procurado para colocar a toda la humanidad en el banquillo de los acusados se asemejaba, a mi juicio, más a una religión que a una ciencia. Con todo, me cuidé de decirlo.

Pagó y la acompañé dando un paseo hasta su casa en la plaza de Mosebacke. Delante de su puerta nos dimos un beso en la mejilla.

—¿Me llamas la semana que viene?

—Por supuesto, me toca a mí invitar.

No volvió a tocarme invitar nunca.

3

Cuando Olga empezó sus estudios, se abalanzó enseguida sobre los libros. Nos veíamos de vez en cuando, pero siempre estaba estresada. Y yo también. Era mi tercer año en Suecia. Mientras tanto, me había convertido en licenciado en Filosofía con la especialidad de filosofía práctica y teórica. A principios de 1967 me contrataron de profesor en el internado de Viggbyholm. Impartía clases tanto en sueco como en inglés, dos lenguas que no dominaba. Mi cerebro vivía su propia vida, trabajaba bajo mucha presión y a veces se declaraba en huelga.

Recuerdo una ocasión en la que llegué al aula y lo único que tenía en la cabeza era el primer verso del estribillo de una de las canciones de moda del momento. «¡Ay!, te prometo, te prometo...»

Abrí la boca para decir algo profundo sobre el imperativo categórico de Kant, pero lo único que me salió fue «¡Ay!, te prometo, te prometo...». Mis alumnos creían que estaba loco, y yo también.

Había dejado la universidad con mucha tristeza. En realidad quería seguir estudiando, pero hallé resistencia. Era el profesor Anders Wedberg, que sencillamente no me soportaba.

Fue una pena, puesto que yo admiraba su agudeza mental y su honradez intelectual. Me cateó un par de veces y tuve que ir a Uppsala a examinarme con el profesor Marc Wogau, que me recibió muy amablemente, incluso su perro movía el rabo, y me aprobó.

Al final comprendí que la aversión de Anders Wedberg obedecía a mis simpatías izquierdistas. Como quiera que fuese, unos años después volví a la universidad para hacer la tesis doctoral con el profesor Harald Ofstad. Al comedor en el que todos coincidíamos para tomarnos la leche fermentada acudía también Anders Wedberg. Un día, a propósito de algo, dijo que los seres humanos son raros. Yo no pude por menos de decir que es raro que los seres humanos no sean más raros. El profesor me miró sin añadir nada.

Dejé la universidad en 1972 para ser redactor de la revista *Bonniers Litterära Magasin* sin depositar la tesis, una de las cosas que lamento profundamente. Transcurrieron algunos años más y un día, el verano de 1977 o de 1978, recibí una carta en Gotland.

El remitente era Anders Wedberg, que escribía que había estado pensando en lo que dije y había concluido que yo tenía toda la razón. Era raro que los seres humanos no fueran más raros.

Me sentí contentísimo, casi feliz. Por la sencilla razón de que resultó que era tan honrado como yo creí desde un principio.

Pero en 1967 acababa de empezar en el internado de Viggbyholm y enseñaba filosofía en dos lenguas que no sabía. Aun así, me parecía que tenía menos problemas de la cuenta, de modo que me busqué uno más.

Tomé la disparatada decisión de escribir en sueco. Se impone una explicación. Una colega del internado de Viggbyholm, profesora de sueco, me hizo un regalo. Era una colección de relatos. Uno de ellos lo había escrito un hombre que se llamaba Stig Dagerman. En aquella época yo tenía por costumbre desentrañar todas las palabras suecas para comprenderlas mejor. Así que traduje el nombre de Stig Dagerman, que para mí se convirtió en «el hombre de la luz de la mañana en el sendero», y acerté más de lo que podía intuir.

Acabé asado en su fuego como un cordero en Pascua. Me pasé toda la noche despierto, traduje el relato al griego y pensé que, si es posible escribir en sueco de una forma tan hermosa y tan potente, yo también quería escribir así.

Naturalmente, la gente se reía de mí. Mis amigos suecos me advirtieron de que no iba a ser tan fácil, mis amigos griegos se admiraban de que fuera capaz de abandonar la hermosa lengua griega por una sucesión de sonidos bárbaros.

Mis amigos suecos dejaron de reírse muy pronto, algunos de mis amigos griegos aún se admiran. Y lo comprendo. Abandonar la propia lengua es como abandonar el alma. Por otro lado, eso era precisamente lo que yo quería. O, más en concreto, quería liberar mi alma de su atavío griego. Quería ver si tenía alma o si sólo tenía el atavío. Quería ver si tenía algo que decir. Quería ver si yo era escritor por la gracia de Dios o un escribiente de segunda que sólo puede existir en el marco de unas condiciones de producción determinadas, por ejemplo, la lengua materna. De ello no se deduce naturalmente que todos los autores que escriben en su lengua sean escribientes de segunda, aunque sorprende que haya tantos.

Para comprender mi postura, uno tiene que haber perdido la inocencia. Yo crecí en medio de una lengua que bajo la presión de distintos órdenes sociales había perdido todo rastro de autenticidad. Entre las palabras y su significado existía una distancia tan grande que a veces uno se asombraba de que las personas aún entendieran lo que se decía. Al final uno mismo se preguntaba si sabía lo que estaba diciendo. Aún hoy recuerdo con horror aquella vez que escribí una redacción en la escuela por la que recibí muchos elogios. Al mismo tiempo, sabía que me había limitado a plagiar a distintos columnistas de diarios influyentes. Ni una sola palabra era mía. Entonces tenía dieciséis años y los elogios me hicieron dudar más aún de que yo tuviera algo que decir. Ni siquiera parecía necesario. Uno podía arreglárselas como mínimo igual de bien no diciendo nada, siempre y cuando utilizara las palabras adecuadas.

De ahí que a mí no me interesara la literatura de la palabra adecuada, sino del pensamiento adecuado. Para empezar a pensar en serio, tenía que abandonar mi lengua. Es algo terrible de decir, pero es aún más difícil de hacer.

La escritura no era ninguna novedad en mi vida. Escribí mi primer relato a los cinco años de edad, cuando me vi obligado a presenciar la ejecución del tonto de mi pueblo en junio de 1943. Estaba allí de la mano de mi madre cuando Lolos cayó de bruces con los brazos extendidos. Fue casi como si me estuviera entregando su relato.

Había encontrado mi forma de manejar la vida cuando amenazaba con resultar insoportable. No eran imágenes, no eran tonos, no era Dios. Eran las palabras. Más grandes que todo, más fuertes que todo, un navío poderoso capaz de superar cualquier tipo de peripecia.

Sobreviví a mi primera emigración del pueblo a Atenas escribiendo. Sobreviví a mis enamoramientos por lo general desdichados, y más aún los dichosos, de la misma manera. Salí más o menos incólume de veintiocho meses de servicio militar. Pensaba superar también mi nueva emigración y pensaba hablar para que se me oyera. Estaba convencido de que tenía una voz. Se trataba simplemente de convencer a otros.

En todo caso, la idea de escribir en sueco no se me ocurrió hasta mi encuentro con la luz de Dagerman. Ese mismo año, es decir, 1967, los militares se hicieron con el poder en Grecia y yo escribí mi primer artículo contra la Junta con la ayuda de un amigo sueco que estudiaba Farmacia. Lo envié al *Aftonbladet*. Al día siguiente, por la tarde, Karl Vennberg me llamó y me comunicó que lo aceptaba.

Ahora iba a escribir literatura, una cosa muy distinta.

Fue más o menos por aquel entonces cuando conocí a Olga y, como no podíamos ser amantes, nos hicimos amigos. Después volví a encontrarme con mi futura esposa.

La primera vez fue en Strix, la residencia de estudiantes, dos años antes. Los sábados por la tarde hacían fiestas allí. Nunca he sido hombre de mucha fiesta, pero, a veces, cuando la soledad tornaba el aire de mi cuarto tan denso que no podía respirar, iba. Cogí una cerveza y me senté solo, más o menos lo que era capaz de hacer, cuando me percaté de que cruzaba el pasillo una chica a la que no había visto antes. En realidad no la vi entera, sólo sus piernas. Qué era lo que tenían aquellas piernas que me llevaron a pensar «¡Tiene que ser para mí!». No lo sabía entonces y sigo sin saberlo.

De la palabra a la acción, como decían mis antepasados. Averigüé en qué habitación vivía, conseguí unos ejemplares del *Boletín de Vietnam* y llamé a su puerta. Cuando abrió, me presenté como vendedor del boletín. Dentro de la habitación se oían voces. Dos hombres jóvenes, que se parecían como dos gotas de agua, la esperaban allí sentados. Estuvimos hablando un buen rato mientras a los gemelos les hervía la sangre.

Como la mayoría de los estudiantes, ella también estaba en contra de la guerra, pero, al contrario que la mayoría, no simpatizaba con la izquierda, sino que era una auténtica liberal. No había conocido a nadie del Partido Liberal hasta entonces. En aquella época, yo no era un mero simpatizante de izquierdas sino un comunista convencido que soñaba con una sociedad sin clases, disculpaba a Stalin por la masacre de su pueblo recurriendo a ideas como la necesidad histórica y no veía la socialdemocracia sueca como un compromiso sino como una traición.

Con los años iría abandonando esas convicciones, pero por entonces seguía anclado en mi origen, había heredado mis valores políticos íntegros, era el hijo de mi padre y el hermano de mis hermanos, sin más.

Había sufrido injusticias y persecuciones en mi patria, no me quedaba alternativa. Debería haber sido más sensato, lo reconozco. Tenía incluso la obligación de ser sensato, pero mi vida se habría vuelto imposible. Crecí en una época en la que estabas a favor de una cosa o de la otra. Entre paréntesis diré que me temo que nos dirigimos otra vez hacia una época así.

Las discrepancias políticas entre Gunilla y yo no nos impidieron empezar a salir. Descubrimos que teníamos muchos intereses en común. Nos gustaba el francés, los cantantes franceses, las películas francesas. Nos gustaba más el vino que la cerveza.

Sin embargo, surgió un problema. Lo de siempre, que había otro, que yo suponía que era un imbécil, pero no lo era. Gunilla no podía tomar la decisión de seguir conmigo. Me vi obligado a meter el alma en un tarro como si fuera un pepinillo y a volver a mis filósofos.

Resultó ser un consuelo. Hasta ese momento me había familiarizado más o menos superficialmente con la tradición europea de constructores de sistemas, las alegorías metafísicas, las visiones y doctrinas de Platón. Ahora leía a Bertrand Russell, Karl Popper, Arne Næss. Ideas concretas, máxima claridad del lenguaje, humildes reivindicaciones de la verdad. A veces era una fiesta. Era como despertarse una mañana con un cielo nublado que se iba despejando despacio para dar paso a un sol radiante hacia la tarde.

Otros días me dolía mucho la cabeza. Dependía de la tensión, dependía también de que poco a poco me iba desprendiendo de mis convicciones. No podía imaginarme que doliera tanto. Por raro que parezca, es más difícil deshacerse de opiniones erróneas que desechar las correctas. Puede que sea porque las erróneas a menudo tienen un peso emocional del que las correctas carecen. Sencillamente, el ser humano le tiene más cariño a sus taras que a su salud.

De eso se trataba: de ver mis taras y no tenerles cariño. Para ello, tarde o temprano tendría que colocarme al otro lado de mí mismo. Ese otro lado era precisamente el que el sueco me ofrecía. Decidí que escribiría en esa lengua.

Olga fue la única que lo comprendió. Ella también había emprendido la huida de la prisión del propio cerebro en busca de una vida más verdadera y más profunda.

4

La encontró, pero no tuvo tiempo de disfrutarla. Ahora estaba muy enferma, puede que moribunda, y yo no estaba allí. Seguía en Gotland y me consolaba con la idea de que, si me marchaba a toda prisa a Estocolmo, tal vez precipitara su muerte. Pasara lo que pasara, no quería tener que oír la misma pregunta que Milena. «¿Has venido porque me voy a morir?»

¿Qué iba a decir? No, es que da la casualidad de que me pillaba de paso. Al día siguiente Milena volvió a llamar. Me contó que se habían llevado a Olga al hospital de cuidados paliativos de Estocolmo y que a veces caía en un estado de gran confusión y se creía que estaba curándose. Le dije que había reservado el billete de ferry para el 24 de agosto, apenas faltaba una semana, seguro que llegaba a tiempo. Ella pensaba lo mismo.

Además, el hospital de cuidados paliativos fue la penúltima parada de mi suegra antes de su muerte.

Para poder morir allí la cola es muy larga. Otra cosa sería imposible en este querido país. Estoy convencido de que hasta con Dios hay que sacar número.

Olga y yo habíamos hablado de la muerte en más de una ocasión. Es decir, de la mía, ella era mucho más joven. Yo afirmaba que había comenzado a prepararme para afrontar al final. Ella quería saber qué era lo que hacía, y se lo conté. Lo primero que hacía todas las mañanas al despertar era plantearme esa pregunta directa: «Si este resulta ser el último día de tu vida, ¿crees que has tenido tiempo de hacer todo lo que querías?».

Creía que sí. Había escrito varios de los libros que quería escribir, tenía dos hijos que no hacían más que darme alegrías, había amado a unas cuantas personas. ¿Qué más se puede pedir?

Olga pensaba que yo racionalizaba demasiado y que mis sueños me delataban. Le había hablado del más recurrente, que me voy a ir de viaje a algún sitio y de repente descubro que estoy a punto de perder el avión o el barco o el autobús.

Yo tenía una explicación más inmediata para el sueño. Viví durante muchos años una vida ajetreada, de media daba entre ochenta y cien conferencias al año. Los libros los escribía en trenes, en habitaciones de hotel o en salas de espera. En resumidas cuentas, estaba estresado y cuanto más lo negaba, cosa que hacía, con más frecuencia volvía el sueño.

Pero en opinión de Olga aquello era demasiado superficial, en el fondo temía a la muerte, quería que me diera tiempo a vivir y temía no conseguirlo.

No podía declarar nula su interpretación. ¿Quién no quiere que le dé tiempo a vivir? ¿Quién no teme a la muerte? Sólo la gente que se halla profundamente anclada en una u otra teoría metafísica. Yo no era uno de ellos. Era incapaz de creer que hay una vida después de esta, no creía que fuera a resucitar en una u otra forma. Además, no me interesaba. Lo interesante es vivir como lo que somos, claro. ¿De qué me serviría volver como un gato?

Cabe otra posibilidad: morir saciado de la vida. Así que empecé a hacerme esa pregunta: «¿Te ha saciado la vida?».

No, no estaba saciado, no estoy saciado. Me basta con el aroma del café por la mañana para anhelar más vida.

¿Puede uno llegar a sentirse saciado de la vida?

Claro que sí. He conocido a una persona, pero sólo una, que lo consiguió. Era Ruth, mi vecina de Estocolmo. Estaba sola, ya no podía leer, que había sido una de sus pasiones. A veces nos encontrábamos por la mañana y ella me invitaba a subir a su casa a un café. Decía con frecuencia que no quería seguir viviendo, que estaba saciada de la vida. La envidiaba y se lo dije, hasta que un día me señaló lo evidente. Hay que pasar por muchas cosas para llegar a saciarse de la vida, incluido aquello que habríamos preferido evitar.

Tenía noventa y cinco años cuando se la llevaron a una residencia para mayores. No volví a verla. Hace diez años de eso y, con todo, sigo levantando la vista cada mañana al pasar por su piso, como si esperara ver su rostro perfilado y viejo en la ventana. Sentía un consuelo enorme al saber que allí había una persona que no temía el final, que más bien lo deseaba.

Con Olga era todo lo contrario. Ansiaba empezar a vivir, ahora que había terminado los estudios, que el divorcio había pasado a la historia, que el deseo del cuerpo era fácil de manejar y que la soledad del alma era un recurso.

No tuvo hijos. Pero se buscó hijos adultos. Se hizo cargo de Milena, se dedicó a los inmigrantes y a sus hijos. Con el tiempo llegó a ser más madre de lo que habría podido ser nunca si hubiera tenido hijos propios.

Después de la llamada de Milena me di un largo paseo en bici. Cuando llegué a los campos abiertos hacia Bungeviken, vi una nube gris oscuro descendiendo y elevándose sobre ellos con un movimiento ondulante muy armonioso. Había cientos de aves migratorias que parecían despedirse de su residencia estival. Miré con más detenimiento, pero no pude distinguir de qué aves se trataba. Así que decidí que eran papamoscas. Cientos de papamoscas rumbo a su hogar de invierno. Se me ocurrió que también mi papamoscas podría encontrarse entre ellos.

Me quedé parado en medio del camino. Sé que no tenía lágrimas en los ojos. Dije adiós a las aves con la mano y continué hacia el ferry de Fårö. Lloviznaba. El agua estaba en calma, pocos coches a bordo, el verano había terminado. Pedaleé hasta el cementerio inglés.

En más de una ocasión hablamos de que Olga vendría a vernos un día. Me habría gustado enseñarle la zona, consideraba Gotland y Fårö como hallazgos propios. Incluso había reservado una novela para ella. Una novela que esperaba ser escrita.

Durante bastante tiempo pensé que fui el primero de los griegos en Gotland, y lo era, pero entre los vivos. Entre los muertos había dos que llegaron allí mucho antes que yo.

Una mañana a comienzos de julio, cuando las nubes pendían sobre la parte norte de la isla con su característica volatilidad, que diferencia de otras a las nubes gotlandesas, hice una excursión desde Fårösund, donde vivo, en dirección sur, hacia Visby.

No tenía ninguna intención, ningún plan, ningún objetivo. En otras palabras, era un día a propósito para los descubrimientos. Como es sabido, tal como dice la Biblia, el que busca, halla. Si además uno no sabe lo que busca, entonces puede hallar cualquier cosa.

Yo hallé tumbas.

No unas tumbas cualesquiera, sino una colección de tumbas muy especiales.

Era en el cementerio de Lärbro.

Me quedé para visitar la iglesia, tan antigua y tan preciosa. Después, una vez hube deambulado por el cementerio, vi varias cruces de madera recién pulidas colocadas en fila.

Me acerqué. Un letrero informaba de que en esas tumbas yacían personas que habían muerto en el hospital de campaña de Lärbro. Eran prisioneros de campos de concentración de la Segunda Guerra Mundial. Eran judíos, polacos, un italiano y dos griegos.

No resulta fácil describir lo que sentí. El recuerdo atroz de aquella realidad, que ciertas personas intentan anular, fue muy sorprendente; Belsen y Lärbro eran dos lugares del planeta que nunca habría conectado.

Pero también estaba el tema de mis dos compatriotas. ¿Eran griegos de verdad? No estaba seguro, puesto que habían latinizado los nombres de las cruces. Athanassius Lazos y Dimitrios Myrrius se leía. Quería asegurarme.

Tuve suerte. Di con una joven que estaba cubriendo una sustitución de sacristán. Había estado cuidando las cruces, pero no pudo responder a mi pregunta sobre los griegos. Me remitió a Barbro Ahlqvist. «Habla con Barbro. Ella lo sabe todo. Ella y su marido son los que se han encargado del cementerio.»

Es una suerte que haya gente como el matrimonio Ahlqvist. En silencio, sin ningún tipo de beneficio, han salvado un pedazo de historia.

No tuve la oportunidad de coincidir con Barbro Ahlqvist en persona, y su marido está muerto. Pero la llamé.

Resulta que los allí enterrados habían sido prisioneros del campo de Bergen-Belsen. Al final de la guerra, los salvaron los aliados. Llegaron en autobús a Malmö y desde allí a Slite en el navío Prins Karl. Estaban enfermos, muchos sufrían de tuberculosis. Poco a poco fueron a parar al hospital de campaña de Lärbro. Cuarenta no se recuperaron nunca. Murieron allí, entre ellos, mis dos compatriotas.

Barbro Ahlqvist me habló de un hombre judío que después de cuarenta y siete años de búsqueda halló a su hermano en el cementerio de Lärbro. Incluso encontró una fotografía suya en el archivo de la mujer. El resto de la familia había desaparecido sin dejar rastro.

Creo que la Biblia tiene razón. El que busca, halla, pero todos debemos darles las gracias a aquellos que no olvidan.

A esas tumbas pensaba llevar a Olga. Pensaba pasarle el brazo por los hombros. Y después pensaba decir:

«¡Aquí tienes mi próxima novela!»

La enfermedad le había arrebatado la posibilidad de venir. Ese gesto que yo había planeado con tanto mimo no se haría realidad jamás. Esa novela no se escribiría jamás.

Permanecí en la pedregosa playa junto al cementerio inglés hasta que se encendieron las primeras luces. El ancho mar estaba en calma. Los charranes y las gaviotas callaban. Entonces se me ocurrió una idea muy curiosa, que en el silencio del mundo sólo hay un sonido que resulta extraño: la voz del ser humano. El resto de los sonidos son partes del silencio, pero la voz del ser humano quebranta el silencio. El ser humano empezó a hablar porque el silencio se volvió insoportable. No para expresar un pensamiento o para transmitir conocimiento o para contar una historia, sino para quebrantar el silencio, para no convertirse en una parte de él.

No acabo de entender todas esas ideas de moda acerca de la unión del ser humano con el universo, que cada parpadeo crea un surco en la mejilla del mundo. Creo que es al contrario. El esfuerzo del ser humano es la expresión de su voluntad de distinguirse del universo. Todo está en el mundo, el destino que el ser humano crea para sí mismo consiste en estar fuera.

Por eso también a menudo se utiliza la muerte como una metáfora del gran reencuentro. Nacemos fuera del mundo, pero morimos en él.

Tenía la impresión de que debía seguir reflexionando. ¿Qué implicaría, si tuviera razón, para nuestra moral, nuestras leyes, nuestras ideas estéticas? Pero fui incapaz de avanzar más. No siempre es fácil ser al mismo tiempo el asno y el jinete.

Así que no quedaba más que coger el ferri de vuelta. Una vez en Fårösund me detuve en el supermercado ICA, compré cuatro chuletas de cerdo, dos paquetes de judías verdes, una lata de tomate triturado, cebolla y ajo, un kilo de patatas.

No había mucha gente en la tienda. Hacía apenas una semana estaba abarrotada. Ahora podía comprar con tranquilidad y me dirigí despacio a la caja, donde la cajera, una chica muy joven, me recibió con una amplia sonrisa y yo me puse muy contento hasta que me di cuenta de que le sonreía a un chico que había detrás de mí. Un poco de alegría por equivocación no le hace daño a nadie. Yo también le sonreí al chico.

Me resultaba un tanto pesado pedalear solo por aquella larga recta que conducía a casa, así que empecé a competir conmigo mismo como competía muchos veranos antes con mis hijos y los hijos de otros en ese tramo.

Me gané a mí mismo por media rueda y me premié con un whisky, mientras preparaba la cacerola con las chuletas y las verduras. No esperaba visita, pero así es como lo hago cuando estoy solo en Gotland. Cocino un plato y después ceno lo mismo cuatro noches seguidas. Es práctico. Mi padre cenó lo mismo durante cuatro años consecutivos, cuando estudiaba para ser profesor en Trebisonda, en la segunda década del siglo xx. Alubias marrones. No murió de eso.

La mayoría de los animales cenan lo mismo toda su vida y no se mueren. Se mueren cuando se convierten en la cena de otro animal.

Me preparé un buen café y me senté con la primera versión de la tesis doctoral de mi hijo. Llevaba mucho tiempo reservando ese momento. Quería poder dedicarle un rato a solas. Lo había hecho todo él, era su intelecto, sus convicciones, sus ideas. También era la declaración de independencia definitiva. De ahora en adelante nos veríamos no sólo como padre e hijo, sino como dos seres humanos corrientes y pensantes. Una vez me dijo que era difícil tomarse en serio a alguien a quien uno le había cambiado los pañales. Pero ahora no había otra alternativa. Tenía su seriedad en las doscientas páginas que descansaban ante mí.

Me inundó una paz inmensa al pensarlo. Ahora los niños habían crecido, mi hija también había terminado sus estudios de un modo que no dejaba mucho que desear. Por un instante me sentí muy afortunado.

Me pasé un par de horas leyendo y después vi las noticias en la televisión. Luego leí un poco más, y bostecé con todas mis ganas para convencerme de que era hora de acostarse. Un tanto disgustado, bajé al sótano, donde se encuentra el baño, algo más disgustado me eché en la cama del piso de arriba, apagué la lamparita pero dejé encendida una luz de bajo consumo fuera en la escalera.

Resulta que le tengo miedo a la oscuridad. Siempre se lo he tenido. Recuerdo cómo empezó. Tenía cinco años e iba a ir desde nuestra casa a la de mi abuela, en el pueblo. Sólo había unos doscientos metros de distancia y ya no me acuerdo de por qué tenía que ir. Fue un trayecto aterrador. Los débiles generadores del pueblo apenas alumbraban la oscura calle donde acechaba toda clase de peligros. Serpientes, escorpiones, fantasmas, fascistas. Llegué medio muerto.

Desde entonces me da miedo la oscuridad, pero no me rindo. Espero vencer mi miedo algún día. Por el momento, me conformo con vivir con él.

Poco antes de dormirme se me ocurrió que, si ese fuera el último día de mi vida, habría sido un buen día después de todo.

5

Me desperté sobre las cinco y media. Hacía una mañana de sol, pero eso no quería decir nada. En cualquier momento podrían aparecer nubes. Lo sabía después de veintiocho veranos en la isla. Fui a buscar el periódico, o sea, el *Gotlands Allehanda*, puesto que mi mujer había redirigido el *Dagens Nyheter* a nuestra casa de Huddinge.

En verano siempre desayuna fuera, en el jardín. Ya puede llover a mares, que ella no permite que eso la detenga. Abre la sombrilla, se pone las botas y el chubasquero y se sienta bajo la lluvia. Cada verano se da varias veces el mismo diálogo entre nosotros.

Yo: No pensarás desayunar fuera hoy, ¿¿no??
Ella: ¿Por qué no?
Yo: Si los sentidos no me fallan, ¡sopla un viento de dieciséis metros por segundo y está lloviendo a cántaros!
Ella: ¡Tonterías!
Aún no he logrado que cambie de idea.

Ahora su sitio del desayuno se veía extrañamente vacío, la mesa y la silla abandonadas, la sombrilla mustia.

De camino al buzón para sacar el *Gotlands Allehanda* me encontré con Anna. Acababa de recoger el otro periódico de Gotland. Hacia la tarde solemos intercambiárnoslos.

«Aunque los dos cuentan lo mismo», dice Anna.

Lo cierto es que no. Los editoriales son diferentes. Todo lo demás es igual.

A principios de verano me llevo una sorpresa cuando vuelvo a familiarizarme con el periódico local. Leo primero el *Dagens Nyheter*, después hojeo rápido el *Gotlands Allehanda*. Transcurridas dos semanas, lo hago al contrario. Sin darme mucha cuenta, mi atención da un salto considerable a favor de los sucesos locales. De repente las secciones del *Dagens Nyheter* me resultan del todo indiferentes.

La sección de cultura muere la primera. Después le siguen las páginas de economía; luego, el deporte. Al cabo de un tiempo, sólo leo a un par de columnistas en los editoriales.

Por el contrario, me lanzo con fruición sobre la polémica ritual que enfrenta al redactor político del *Gotlands Allehanda* con el redactor político del periódico de la competencia. Leo todas las airadas cartas al director sobre los turistas que arman escándalo y orinan a lo largo de la muralla de Visby. Después, la emocionante serie de noticias. Vacas fugitivas, coches robados, allanamientos, agresiones. Es una fiesta cada mañana.

Hacia las seis y media suele toser Göran, cuando se enciende en el jardín el primer cigarro del día. Nos saludamos. Media hora más tarde Barbro se marcha al trabajo. Ya vuelve la calma. Todo lo que podía suceder ha sucedido.

Ya es la hora de sentarse al escritorio.

Estaba volviendo a escribir mi libro *Un nuevo país al otro lado de mi ventana* en griego. A Olga le gustaba mucho ese libro. Cuando se lo leyó, me llamó en el acto, casi llorando. «Por fin has mostrado tu dolor», dijo. No sabía si era eso lo que había hecho, pero uno es proclive a tragarse los elogios aunque no los entienda.

Me quedé sentado delante del texto sin verlo. En el minúsculo despacho de mi hogar de Gotland ya no cabían otras ideas que no fueran un río torrencial de imágenes y recuerdos de los años con Olga.

¿Llegó a entender lo mucho que la apreciaba? ¿Llegué a decírselo con la suficiente claridad? Es probable que no. Uno no se esfuerza con sus amigos igual que con sus amantes. Aunque, de hecho, debería esforzarse aún más.

No se puede ser amigo de alguien que no te gusta, mientras que es perfectamente posible enamorarse de alguien que te parece un cerdo. En este sentido, la amistad es más exigente que el amor.

Al cabo de un rato, el río provocado por Olga se había secado y yo volví a mi trabajo, que, en honor a la verdad, me parecía absurdo.

Después de treinta y ocho años en Suecia, después de más de treinta libros en sueco, mi lengua seguía siendo el griego. No tengo acento. No cometo errores, no me pregunto qué verbo iría en una oración. Y precisamente por eso canto en griego.

La Navidad pasada fuimos a Atenas a ver a mi madre. Estuvimos toda la familia, mi mujer, nuestra hija y nuestro hijo con su mujer y su primer hijo. En Nochevieja nos reunimos en casa de mi hermano. Mi hermanastro había venido desde Tesalónica, su hija también, con el marido y sus dos niños. Fue un momento muy importante para mi madre. Reinaba un ambiente animado y después de varios vasos de vino mi hermano sacó el buzuki y cantamos a dos voces una de las melodías más conocidas de Mikis Theodorakis con un poema de Yorgos Seferis.

> En la orilla del mar, apartada
> y, como una paloma, nívea,
> padecíamos sed al mediodía;
> pero el agua era salada.
> Sobre la rubia piel de la arena
> el nombre de ella escribimos;

>pero sopló suave un airecillo
>y se borraron las letras.
>Con qué corazón, con cuántos ánimos,
>con qué anhelo y qué pasión
>enfrentamos la vida: ¡qué error!
>y nuestras vidas cambiamos.*

En la habitación reinaba el silencio. Vi que mi hija, que esa noche estaba tan guapa como la soñaba, luchaba por contener las lágrimas. Dirigí la mirada a mi hijo, que se mordía los labios con una expresión enfurruñada como cuando era niño. Cuando terminó la canción y antes de que nadie hubiera dicho nada, es decir, justo como un epílogo al poema, dijo él con voz tensa:

«Es la primera vez que oigo cantar a mi padre.»

Me quedé sin aliento. ¿Era verdad?

Protesté con poca convicción. Recordé todas las canciones que cantaba cuando eran niños. Recordé una postal, que por diversas razones se había hecho famosa en la familia y que mi hija le había enviado a su abuela desde Gotland, en la que, entre otras cosas, decía que «papá está en la cocina cantando como siempre».

---

* Yorgos Seferis, *Mythistórima - Poesía completa*, trad. Selma Ancira y Francisco Segovia, Barcelona, Galaxia Gutenberg, 2012.

«Pero, papá, eso no eran canciones. ¡Eran inventos!», dijo mi hija y empezó, con su hermano, es decir, mi hijo, a imitar mis canciones de aquella época.

«Quiero un loro» con la música de *It's so easy to fall in love* o la también famosa «*Questa* patatas no son peores que otras» con la melodía de *Guantanamera*.

Se echaron a reír y no pudieron terminar el número. Además, habían demostrado lo que querían.

Tenían razón, y yo lo sabía. Nunca había cantado de verdad en sueco. Pero ¿por qué? Tiene que ver con lo que el sueco exige de mi voz. Suena desconcertante, aunque en realidad debería ser evidente. La voz toma la forma que requiera el idioma que se habla. El sueco obliga a la voz a desplazarse hacia los labios. Pierdo el volumen, la redondez, el color. Oigo la voz resonar contra los dientes.

El simple hecho de que mi voz se encuentre un poco más atrás en la boca no es culpa del sueco. La cuestión es que se encuentra donde se encuentra porque el griego es mi lengua.

En esta lengua mía estaba reescribiendo mi libro sueco. Por lo general era un trabajo frustrante, que requería de mucha paciencia. Al fin y al cabo, llevo una vida sueca, leo periódicos y libros suecos, hablo sueco a todas horas. Y de repente tengo que escribir en griego. Lo que necesito no es un ordenador sino una pala para desenterrar palabras, caliento cantando un par de canciones en griego, pero he olvidado la letra, así que las relleno con mis propias palabras y las únicas que me vienen con facilidad son vulgaridades corrientes, que parece que tienen la capacidad de rimar con todo.

Es una idea que me obsesiona cuando voy a ver a mi madre y me quedo en su casa. Que vaya a empezar a cantar obscenidades. En unas cuantas ocasiones ha faltado muy poco.

¿Por qué no dejar que me traduzca otro? Eso fue lo que hice al principio, a veces salió bien, a veces menos bien, pero el problema era que no reconocía mis libros en griego. Me parecía que los había escrito un ventrílocuo.

Así que sigo insistiendo y a veces merece la pena, cuando mi lengua griega se despierta de pronto en mi interior, empieza a vivir. Es como encontrarse con alguien de quien uno estuvo enamorado hace mucho y por fin entiende por qué.

Le susurro palabras delicadas a mi lengua, le digo «cariño mío», prometo amarla en la prosperidad, pero no en la adversidad, ahí me las arreglo mejor en sueco. Me entrego de tal modo que tengo que salir y bajar al muelle, que cada año que pasa está más deteriorado. Siempre hacemos planes de repararlo, o sea, los que vivimos en la hilera de casas de obreros que se construyeron en los años treinta para los trabajadores de la cantera de Bungenäs. Nueve casitas más o menos iguales a un lado y una grande al otro. Tres de ellas están habitadas todo el año.

Cuando vinimos aquí, en el verano de 1972, éramos los únicos veraneantes. Había familias con niños pequeños, había un autobús escolar, el muelle estaba de una pieza, había bacalao en abundancia. Ya no queda nada de eso.

Me digo que pensarlo es en vano, pero aun así lo pienso.

Es como una obsesión. ¿Será la edad? Tal vez. Por otra parte, ¿cómo puede dejar de llorar el ser humano el paraíso perdido? Sólo hay una forma. Convencerse de que no era un paraíso.

A su vez, eso puede ser una pérdida aún mayor.

Por lo que a mí respecta, prefiero llorar por algo que tenía y he perdido que por algo que nunca tuve.

El paraíso es un símbolo poderoso, pero ¿de qué? De la felicidad absoluta, dicen muchos, y por lo que he entendido el paraíso islámico promete una serie de placeres refinados; pero el paraíso cristiano no promete ningún placer, más bien lo que lo caracteriza es la ausencia de todos los placeres. Promete algo así como la salvación, lo que hoy casi calificaríamos de arrogancia espontánea. El paraíso de los budistas es la ausencia de todo.

Dicho de otro modo, no está nada claro por qué el paraíso sigue seduciéndonos, a no ser que lo utilicemos como un símbolo de la pérdida ideal. Nacer como ser humano es sencillamente una operación perdedora. Nacer como ser humano es haber perdido el paraíso.

Puede que así sea, aunque queda una cuestión: ¿por qué necesita el ser humano esa pérdida? ¿Por qué tiene que plantarse en el centro de la plaza del mundo y gritar que es un perdedor?

Una respuesta posible es que con esa pérdida a la espalda puede permitirse cualquier tipo de cosas desagradables. No tiene nada que perder, por así decirlo. De este modo, el paraíso perdido se convierte en la coartada perfecta.

A continuación viene un salto mortal lógico. La razón por la que hacemos lo que hacemos se convierte en el objetivo de nuestro deseo. El paraíso cambia de forma, pasa de operación perdedora a inversión rentable.

Es esa ambigüedad, esa doble cara de Jano en el más antiguo de los sueños humanos, la que asegura su fuerza de atracción. Es idóneo como punto de partida y como destino. Es un burro que se puede dirigir con una brida y tirándole de la cola. Sólo hay una cosa de la que nos olvidamos: que el burro al final va donde quiere y nosotros lo seguimos.

Me quedé un buen rato en el muelle. Vi una culebra de collar que nadaba muy cerca de la irregular orilla y me sorprendió lo trabajoso que parecía. La culebrilla negra luchaba por avanzar como un corredor de orientación cansado.

¿No hay entonces ninguna vida fácil? Y si la hubiere, ¿la escogeríamos?

Seguramente fuera hora de regresar al despacho y de dar algunas paletadas con mi lengua materna.

6

Al volver vi que Britta se acercaba en mi dirección. Al igual que yo, es una gotlandesa de verano. Es más joven, pero tiene hijos de la misma edad que los nuestros. De niños jugaban juntos. Nuestras hijas también montaban a caballo juntas y recuerdo una tarde luminosa en la que las chicas bajaron en caballo al pantano de Valleviken y se bañaron.

Britta estaba casada con Thomas, la familia lo llamaba Tompa. Era un hombre risueño e inteligente que murió de una forma muy repentina. Era juez, en un cargo muy alto. La última conversación que tuve con él fue acerca del problema tan difícil que era emitir una sentencia justa cuando hay varios implicados en un delito y no hay ninguno cuya culpabilidad se pueda probar.

Para mi sorpresa, me di cuenta de que Thomas era más progresista que yo. Conceder al reo el beneficio de la duda no era una retórica vacía. Su peor pesadilla era condenar a alguien y que después se demostrara que era inocente.

Yo, por el contrario, estaba más ansioso por castigar a los implicados, incluso aunque no pudiera tener la certeza de quién era culpable. Al fin y al cabo, el crimen había tenido lugar, los sospechosos se encontraban en el escenario del crimen, quién hubiera hecho qué era una cuestión de interés académico, pensaba yo.

Thomas no pensaba lo mismo. Me resultaba reconfortante, aunque yo no estuviera de acuerdo.

No nos veíamos mucho. Veía más a sus hijos, jugábamos a Nya Finans, el juego de mesa, en ocasiones los días enteros. Los niños formaron un cártel en mi contra y me vi obligado a hacer trampas para ganar. Además, los sacaba de quicio porque me empeñaba en decirles las cosas mal cuando iban a pagarme el alquiler. Les pedía, por ejemplo, treinta mil tacos.

«¡No se dice tacos, papá!», observaba mi hijo. Yo hacía como que lo memorizaba, pero pasados tres minutos volvía al ataque. «¡Venga, dadme cinco mil tacos!»

A veces no les quedaba más remedio que rendirse para no perder el juicio. Pero en general lo pasábamos bien.

Después de que Thomas muriera, Britta siguió viniendo a Bungenäs. A veces con algún compañero de trabajo, a veces sola. De cuando en cuando iban a visitarla sus hijos, que ya eran adultos y habían abandonado el nido. Ella cuidaba de la casa y el jardín, leía, iba a Fårö, a veces con mi mujer.

Yo había dejado de ir hasta allí para tumbarme en la playa. Por mi parte, los días en Norsta Auren y Skala se habían terminado. Cuando salía el sol, me iba a mi playa, una franja entre el pueblo y la base militar, que no tardarían en abandonar.

Allí estoy completamente solo. Contemplo los veleros en el estrecho, a veces oigo a la gente a bordo riéndose o discutiendo. Estoy desnudo, las hormigas y otros insectos van trepando por mi cuerpo, me divierte sentirme como una montaña alta y poderosa en su mundo; el vello de mis piernas debe de ser como plátanos en ese mundo; mis axilas, barrancos terroríficos; mi barriga, un desierto espantoso. Las gaviotas graznan, las olas salpican y una profunda calma se apodera de mis miembros y de mis células cerebrales. Desde dentro de esa calma me prometo que mañana voy a escribir algo hermoso.

¿Por qué perder el tiempo con distracciones cuando no hay nada que distraiga a la muerte?

Resultó que Britta quería pedirme el cortacésped, el suyo se había roto.

–Será la última vez este año –dijo.

–El verano se ha ido rápido.

–Sí, en lo que tarda una en parpadear ya es otoño.

No hay más que parpadear para ver un mundo nuevo. Eso decía siempre Olga.

¿«Decía»? Aún no estaba muerta. A pesar de ello, la gramática de mi corazón ya la había desplazado a un tiempo pretérito. Como una reacción a este mecanismo, comencé a hablar de ella con Britta. Resultó que su hermano había muerto del mismo cáncer de células pequeñas, que parece ser que son particularmente fastidiosas puesto que por lo general no dan la cara hasta que es demasiado tarde.

Seguimos hablando un rato más de la muerte, después llegó la hora de cortar el césped.

Cuando me quedé solo, no sabía qué quería hacer. Era incapaz de seguir trabajando. El griego me había abandonado como si yo fuera un rollo de una noche. No quedaba nada. Aunque sabía que nos volveríamos a encontrar.

La cuestión era si me daría tiempo de volver a ver a Olga.

Empezaban a ser muchas las personas de mi entorno a las que no volvería a ver. En primer lugar, mi padre. Después, mi suegra. Después, mis amigos Henrik y Harald y Steve, que se desplomó muerto en un autobús en la India. ¿Me había olvidado de ellos? No, en absoluto, pero se había mitigado el dolor, había dejado de ser un golpe en la cabeza para convertirse en una almohada donde reposarla.

En el jardín vi la salvia que había plantado unas semanas atrás. Había salido adelante, al igual que un precioso cardo de color rojo oscuro brillante y suave.

La salvia quedó asociada para siempre con mi padre, fue él el que la descubrió durante su único viaje a Gotland. La encontró fuera de la parcela con Nisse, el padre de Barbro. Durante varios años volvió a salir en el mismo lugar hasta que Barbro la movió a su huerto. Entonces la mata principal que había fuera de la parcela murió. Pero las nuevas plantas florecieron. Barbro me dio seis, que planté en mi jardín. Y de camino me regaló el cardo.

La salvia era la flor de mi padre y de Nisse, pero el cardo se lo podría dedicar a Olga. El color encajaba con ella. Además, no tendría que cuidarlo. Saldría adelante solo. Como Olga.

Se trata de encontrar los rituales que hacen la muerte abordable. Estamos olvidando ese arte. La muerte nos sorprende, como una llamada que no esperamos.

Apenas había terminado de pensarlo cuando sonó el teléfono.

Era Frida, una joven sueca, una de las mejores amigas de Olga, a la que había conocido a través de ella. Tiene una voz suave y agradable que sonó más suave aún cuando dijo:

—Sabes por qué llamo, ¿verdad?

Lo sabía. Aun así no quería decirlo. Tampoco ella quería, así que al final me vi obligado:

—Olga ha muerto —dije con una interrogación difusa en la voz.

—Sí.

Reinaba el silencio en todo el espacio entre Estocolmo y Fårösund. Finalmente tuve que preguntar:

—¿Ha sido difícil?

Frida es una persona que comienza cada día con una hora de meditación. Está acostumbrada a coger el toro por los cuernos.

—Mucho. No quería morir.

—¿Acaso hay quien sí quiere?

—Puede que no. Pero muchos se rinden. Olga no. Intentaba comer y beber, ha luchado para reunir fuerzas para seguir luchando.

—¿Estabas allí?

—No, no las últimas horas.

—¿Había alguien?

—La verdad es que no lo sé.

Volvió a hacerse el silencio.

Esta vez no fuimos capaces de reanudar la conversación. Nos dijimos que nos veríamos en el entierro y colgamos.

Recordé la vez en que Olga y yo fuimos a casa de Frida y su compañero. Existía entre ellos una profunda calma, una afinidad natural. Frida estaba preparando café en la cocina. Olga se había sentado a mi lado en el sofá. Entonces vi que tenía lágrimas en los ojos.

Yo sabía por qué. Deseaba con todas sus fuerzas una afinidad así, nunca la había conseguido y en lo más hondo de su ser sabía que era responsable y se culpaba.

Se me ocurrió que tal vez incluso se culpara por su propia muerte.

Debería haber estado con ella, pero no estuve. Sin embargo, sabía que no habría cambiado nada. Pensé en las últimas horas de mi suegra. Lo indefensa que estaba cuando yacía en la cama y lo único que le seguía funcionando eran el corazón y los pulmones. Aquella mujer inmensamente fuerte pero sensible que, cuando el brazo derecho le dejó de obedecer, lo rebautizó como Karlsson y le daba azotes con el brazo bueno mientras sonreía con picardía. Pero hasta los más fuertes mueren.

Permanecí sentado junto al teléfono, como si esperara que alguien me llamara para comunicarme que todo era un malentendido. La única que llamó fue Milena, que no sabía que Frida ya había hablado conmigo.

—¿Te las arreglarás? —pregunté.

—No me queda más remedio —respondió, y oí en su voz la resolución que Olga había rescatado en ella.

Después de la llamada no tuve fuerzas para quedarme en casa. Me preparé un par de sándwiches y un termo de café, y me puse en marcha hacia Sankt Olofsholm, donde he encontrado una playa pedregosa que suele estar desierta al pie de la ladera en la que se alzan las ruinas de la iglesia de Olaf el Santo. No está claro que Olaf el Santo tuviera algo que ver con la iglesia, tampoco está claro que el arcángel Miguel se encuentre en Vamlingbo, como piensa la gente de allí, aunque no importaba. Para mí lo principal era subirme en el coche e irme de allí. Es uno de los pocos momentos en mi vida en los que me siento libre.

He oído con frecuencia que uno no puede irse de su vida. Sin embargo, a eso es a lo que me he dedicado yo casi siempre. Dejé Grecia, después dejé mi lengua, escribí un libro en el que, al menos en la imaginación, dejé también mi sexo.

¿Por qué? ¿Por qué tenía y sigo teniendo una necesidad tan grande de dejarlo todo atrás? ¿Qué es lo que me seduce al otro lado?

La verdad es que no lo sé. Si me obligaran a adivinarlo, se lo achacaría a mi lectura precoz de hagiografías. Los que más me atraían eran los ermitaños. No los mártires. Es decir, no los que se sacrifican, sino los que renuncian a la vida en aras de la alegría profunda y perdurable de contemplarla.

Cuando llegué a mi roca, se la había anexionado una fuerza extranjera. Dos mujeres jóvenes tomaban el sol desnudas y me apresuré a alejarme. También me quité la gorra para que mis canas las tranquilizaran. Las tranquilizaron en exceso.

Una de las chicas se recostó sobre el codo y me preguntó con voz clara:

—¿No tendrá fuego, señor?

—Este señor tiene fuego de todas las clases —respondí animado.

Por desgracia, mis palabras me rebotaron sin provocar otra reacción que una mueca preocupada. Me he dado cuenta de que los nudistas y los veganos suelen carecer del sentido del humor.

Me tuve que colocar junto a ellas de rodillas, a veinte centímetros de sus pechos desnudos, y agoté cuatro cerillas en la débil brisa antes de que pudieran encender los cigarros. No dieron muestra ninguna de vergüenza. Me habían desarmado. Yo era un exfusil sin munición. Su desnudez me miraba con la misma indiferencia con la que una ventana mira a la calle. En una situación así está muy bien tener sueños de ermitaño a los que recurrir. Me dirigí al coche y me marché de allí. Me había quedado tan bajito que apenas alcanzaba los pedales.

Olga tenía un talento natural en ese sentido. Hay mujeres que pueden hacer que un hombre se sienta como un rollito de primavera. Ella conseguía que un rollito de primavera se sintiera como un hombre. ¿Cómo lo hacía? Lo cierto es que no se trataba de coqueteo ni de vanidad femenina, sino de generosidad. No rebajaba a los que la rodeaban. Al contrario. Cuando alguien se menospreciaba, estaba siempre preparada para intervenir.

Yo mismo lo he vivido en varias ocasiones. A veces, cuando me sentía incomprendido e infravalorado, era ella la única que podía conseguir que no acabara en la autocompasión. Se debía también a que hablábamos en griego, lo que automáticamente traía consigo una cordialidad brutal que culminaba con la tradicional exhortación griega: «¡No me seas capullo!».

¿Quién iba a animarme así en lo sucesivo?

Ella me animaría. No tenía obligación de aceptar su muerte. Siempre podría cerrar los ojos, ver su rostro lleno de vida debajo de los párpados, oír sus palabras. No sería lo mismo, aunque podría ser igual de eficaz. La cuestión era si sería capaz de reírme después de aquella exhortación como me reía cuando Olga estaba viva.

Salvar la risa que ella me dio podría convertirse en mi nuevo objetivo.

La excursión había resultado un fracaso. La suerte de siempre me había abandonado. No había encontrado nada. Era un día no apto para la escritura. Era un día en el que sencillamente lloraría con una pena muda y sin lustre que en realidad no le hacía justicia a mi amiga.

Desearía que las palabras surgieran de mí como un torrente, sencillas y hermosas como guijarros. Pero la gramática de mi dolor se atenía a las reglas. Incluso a la regla de la inversión del orden de las palabras en sueco.

«Olga ya está muerta», dije en alto. Era la tercera vez. Primero me lo contó Frida, después yo se lo conté a Britta y ahora me lo contaba a mí mismo.

Fue el triple salto de la toma de conciencia. Ya no quedaba más que sacudirse la arena como un atleta y seguir adelante. Ya no tenemos que preocuparnos por el resultado. Pronto lo verán todos en el tablón. Ya no podemos hacer nada. Ya sólo podemos recordar cómo fue saltar.

7

El resfriado de Olga no quería remitir.

La llamé un par de veces para invitarla, pero estaba cansada. Bien mirado, no tenía nada de extraño. Se había pasado demasiado tiempo trabajando demasiado. Se quejaba de que no podía dormir. Que se despertaba varias veces cada noche con ganas de llorar.

Reconocí los síntomas. Era estrés y era muy interesante. Mi padre trabajó en dos escuelas distintas durante más de veinte años. Se iba de casa a las siete menos cuarto de la mañana y volvía hacia las cuatro. Comía algo y se volvía a marchar a la escuela nocturna desde las seis hasta las nueve. A las diez volvía a casa, comía algo y después se sentaba a preparar las clases del día siguiente. En los fines de semana impartía clases particulares.

Nunca lo oí decir que estaba cansado y la palabra estrés ni siquiera existía. ¿Eran aquellos seres humanos más fuertes que nosotros?

Una vez, en un convento de las islas Príncipe, a las afueras de Constantinopla, tuve ocasión de ver los manuscritos de los grandes Padres de la Iglesia. Ocupaban unas cuantas estanterías. Yo había dejado de escribir a mano ya a los cuarenta porque sufría de codo de tenista y además tenía eccema en los dedos con los que sostenía el bolígrafo.

¿Cabe preguntarse si el ser humano se va volviendo cada vez más débil o si ha descubierto la explicación de dolencias que antes eran igual de frecuentes pero se trataban como si no existieran?

¿Es posible que ahora estemos más enfermos sencillamente porque tenemos más nombres de las enfermedades? ¿Es posible que la sociedad terapéutica que hemos creado cree a su vez sus pacientes y también sus médicos?

Nietzsche escribió gravemente enfermo de sífilis. Yo no puedo escribir si tengo un catarro. ¿Cómo es posible?

Olga pensaba que era porque Nietzsche escribía para la eternidad. Protesté sin mucha convicción diciendo que yo también, pero ella se rio de buena gana.

«Ya nadie escribe para la eternidad. ¡Por la sencilla razón de que la eternidad ya no existe!»

Era una idea vertiginosa. ¿Cuándo desapareció la eternidad?

Para ella el problema no era metafísico.

«¿Puedes decirme con la mano en el corazón que te importa que la gente lea tus libros dentro de seiscientos años? ¿Puedes siquiera imaginarte una vida dentro de seiscientos años?»

No podía. Lo cierto es que veía cómo los mayores superventas de la actualidad morían del todo al cabo de unos años, y aun así deseaba escribir uno de esos superventas. Anhelaba poder ver uno de mis libros en el Konsum, en la gasolinera, en los puestos de los aeropuertos. Ver a gente sentada con el libro en el metro y en el tren y en los autobuses. Cambiaría de buena gana un puesto en el parnaso dentro de seiscientos años por una porción mayor del pastel de nuestros tiempos.

Dostoyevski tenía un lector, Dios. Nietzsche no tenía ni siquiera a Dios, sólo a sí mismo. Está claro que escribían para la eternidad, la eternidad era lo que tenían. No se hicieron muy mayores. Nosotros en cambio vivimos cada vez más, pero nuestras vidas resultan más cortas.

Olga me consoló.

–Nadie puede vivir fuera de su tiempo –dijo.

–¿Cuál es nuestro tiempo? –pregunté.

–Es la antesala de la barbarie. Todos los criterios desaparecen en aras de uno solo: cuánto vende un producto. El éxito es la prueba de que es bueno. Afecta a todo, pero en distinto grado. El arte y la literatura son el dominio de los valores difusos, pero ahora tenemos por fin un criterio indiscutible: la capacidad de venderse. Nadie diría que un Volkswagen es mejor coche que un Rolls Royce porque se vendan más modelos. Pero en lo que se refiere a literatura sí se puede decir, y de hecho se dice, y todo el mundo participa de esa fiesta bárbara, tanto las secciones de cultura de los periódicos como los editores y el público.

A mí me parecía que estaba exagerando. Aún quedan autores y artistas que se mantienen en su línea, que siguen su propio camino.

–Por supuesto, y después terminan en academias y sociedades en las que se premian y se honran entre sí. Tienen sus cortesanos. No es más que la otra cara de la misma moneda. Y tú no eres mejor ni mucho menos, ya que quieres las dos caras. Es la maldición del inmigrante. Como has perdido un mundo entero, tienes que recibir un mundo entero a cambio. Eso no puede ser. Ni en el mito. Puede que consigas la princesa y el reino, pero un buen día alguien te espera en un callejón oscuro con un puñal afilado en mano.

Negué con la cabeza.

–Sabes que tengo razón –volvió a decir ella con una sonrisa triste.

Aludía a una de mis experiencias más dolorosas. Una de las que te pueden cambiar la vida. En cualquier caso, cambió la mía.

Me habían elegido presidente del PEN Club sueco. Era la segunda vez que me lo pedían. La primera no acepté, teníamos niños pequeños en casa, no creía que tuviera tiempo de dedicarme a asuntos públicos. La segunda vez fue diferente. Los niños eran mayores, yo tenía tiempo y tenía ganas. Asumí la tarea sintiéndome muy honrado, y resuelto a hacer algo útil.

Al mismo tiempo, la entonces ministra de Cultura me preguntó si quería formar parte de su grupo de asesores. Acepté con una profunda alegría al ver que Suecia quería por fin mis servicios. Olga me advirtió:

«Te saldrá caro, pero no puedes decirle que no. Dirías que sí a tu propia ejecución si te prometieran que sería un honor.»

Hablé con la dirección del PEN Club acerca de la petición de la ministra. Nadie puso ninguna objeción. El club recibía del gobierno buena parte de sus recursos. Nadie veía cómo podía perjudicar al PEN Club el puesto de asesor de la ministra de Cultura.

Sin embargo, eso precisamente era lo que pensaban algunos miembros del club. Primero apareció un artículo en el *Dagens Nyheter*. Después otro. Luego le siguieron otros periódicos. Al final hubo que convocar una reunión extraordinaria para resolver la cuestión. ¿Debía seguir siendo el presidente o no? Decidí no seguir, pero no era eso lo que me atormentaba, sino la propia experiencia de la reunión.

Ver a la dirección guardando silencio, ver el regocijo en el rostro de varios de mis colegas, oírlos exponer con convicción y fervor sus argumentos absurdos. Dos colegas que estaban sentados al fondo acababan de descubrir que sentían una atracción mutua y se estaban besuqueando mientras el resto levantaba la guillotina.

Por supuesto, también hubo unos pocos colegas que se pusieron de mi lado, pero sus voces se ahogaron en la apasionada defensa de los adversarios por diversos grandes ideales como la libertad de expresión, la democracia y demás. No se ahorraron palabras, la cuestión era hacerme quedar como un lacayo del gobierno. Alguien propuso que lo sometiéramos a votación y la propuesta salió adelante.

Me abstendré de mentar nombres, ya no es relevante. Pero allí estaba yo, ante mis indignados colegas, como un quintacolumnista recién descubierto, retrocedí más de treinta y seis años en el tiempo, cuando el restaurante donde trabajaba me acusó de haber robado dinero. Yo no lo había robado, pero nadie me creyó, así que me llevaron a la comisaría y el policía me preguntó: «Oye, ¿no puedes decir que te has llevado tú el dinero y todos contentos?».

Esa vez lo negué. No me había llevado el dinero. Pero ahora lo tenía decidido. No iba a ser objeto de una votación. Pensaba dejarlos a todos contentos y marcharme. Pero aquello no bastó. A mis espaldas oí voces airadas: «¡Eso no se hace!».

Al cabo de dos meses, la ministra de Cultura cambió de ministerio y el grupo de asesores se disolvió sin más derramamiento de sangre.

Olga tuvo la generosidad de no decir «qué te había dicho» cuando le pregunté qué debía hacer. Me sugirió que me fuera a algún sitio, que dejara todo atrás. Hay dos lugares en los que puedo estar a solas sin estar solo. Atenas y Fårösund.

Por primera vez escogí Fårösund en lugar de Atenas. No me di cuenta inmediatamente de lo que significaba aquello. Sólo después de una semana aproximadamente caí en la cuenta de que había dado un paso más en mi acercamiento a Suecia. Ya tenía incluso un refugio aquí. Un lugar en el que la soledad era apacible y el silencio, suave. Allí podía sentarme a hombros del mundo y mecer los pies sobre la playa de la vida, los valles del amor y los barrancos del odio.

Un lugar que simplemente sanaría mis heridas como un ungüento mágico. Ahí es cuando uno se da cuenta de que se acabó el viajar, que al viejo Ulises no le queda más que un par de zapatillas.

Esa vez hice dos descubrimientos. Que tenía un refugio en Suecia y que después de treinta y seis años en el país lo necesitaba.

8

Olga me llamó a última hora una tarde de principios de abril y me contó que le habían detectado una sombra en el pulmón izquierdo. Estaba preocupada, aunque el médico le había dicho que no tenía que preocuparse hasta que la examinaran con más detalle.

«Voy para allá», dije yo. Trató de disuadirme sin convicción, pero le noté en la voz que no quería estar sola. Cuando me abrió la puerta, tenía el aspecto de siempre. Los ojos verdosos le brillaban con aquella expresión que yo llamaba el hambre de Olga. Quería comprenderlo todo. Era una observadora apasionada que no podía evitar vincularse con lo que observaba. Era una mirada cálida, curiosa, divertida y compasiva. Ante ella siempre me sentía desnudo como un polluelo que acabara de salir del cascarón.

No estaba sola en casa. Frida también se encontraba allí, pero estaba a punto de marcharse. Se fue y el amplio salón se volvió de repente demasiado grande para los dos, así que nos fuimos a la cocina.

Ciertas personas tienen la capacidad de llenar un espacio y unas pocas también la capacidad de vaciarlo. Frida era una de ellas.

–¿Tienes miedo? –pregunté.

–Mucho.

No le tenía miedo a la muerte, por el momento aún le parecía lejana. Le tenía miedo a ponerse enferma. ¿Qué sería de todos los hijos de inmigrantes de los que se hacía cargo a diario? ¿Qué sería de los padres? ¿Qué sería de su economía si se viera obligada a estar de baja mucho tiempo?

La tranquilicé. Había más gente que podía cuidar de los niños, a los adultos los podía remitir a un colega en quien confiara. Quedaba el tema de la economía. Llegamos a la conclusión de que también en ese terreno se las arreglaría. Además, no era seguro que la sombra fuera algo serio, le recordé yo, y fui a encenderme la pipa.

Me pidió que no lo hiciera.

–Me va a dar tos con el humo.

En los treinta años que hacía que nos conocíamos era la primera vez que me pedía que no fumara.

Me coloqué bajo la campana de la cocina y di unas caladas rápidas. Después le pregunté si tenía hambre.

–Un poco.

Fui a una pizzería cercana.

–Diles que son para mí. Me conocen.

Vivía en su barrio como si fuera un pueblo griego. El pizzero se alegró cuando lo saludé de su parte.

–¿Cómo está la señora Olga? –preguntó.

¿Qué le iba a decir? ¿Esperaba siquiera una respuesta?

–Bien.

Mientras esperaba las pizzas mi cabeza se tomó un descanso de mí y encontró un rastro muy atrás en el tiempo. Cuando Olga estaba embarazada. Mi mujer también lo estaba y las recuerdo sentadas una junto a otra en un banco con sus barrigas al aire. Se las veía tan apacibles, tan bonitas... Se las veía inmortales. Pero al hijo de Olga no lo pudieron salvar.

Aquella imagen me infundió nuevos ánimos. Con o sin sombra en el pulmón se las arreglará, pensé.

El resto de la noche prosiguió casi como de costumbre. Cenamos, hablamos, escuchamos música griega. Me puse a reírme de la letra de las canciones. A ella le gustaba. Yo lo llevaba peor. En el sentimentalismo griego hay una banalidad de la que me avergüenzo. Me siento corresponsable, me siento como un paleto de los sentimientos y me siento molesto y me enfado.

Con el tiempo aquello había llegado a ser algo así como un juego. Olga podía decir: «He encontrado un cantante nuevo fantástico, pero vas a detestar las canciones». Recitaba un par de versos. Yo hacía como que vomitaba y salía corriendo al baño, mientras ella ponía el disco y yo volvía a regañadientes.

Cuando me iba a marchar estaba mucho más tranquila.

—Gracias —se limitó a decir.

Me dio un beso en la mejilla.

Yo le di un abrazo.

—Venga, ¡tienes que ser valiente!

Me prometió que sí.

En ese momento yo no sabía qué era lo que le pedía y ella no sabía lo que me había prometido.

9

Describir a una persona puede parecer como intentar vestir a un niño de dos años que se resiste. De camino a la Estación Central traté de describir a Olga para mis adentros. Era de baja estatura, pero no daba esa impresión. Era fuerte y decidida, y aun así parecía dulce y flexible. Era apasionada, pero podía resultar distante. Conducía como una ladrona de coches. Leía mucho. Pasaba frío.

Podía continuar enumerando cualidades y particularidades, pero lo que Olga era seguiría siendo tan huidizo como si no hubiera dicho nada. Igual que un niño de dos años. Apenas has logrado meter un brazo en una manga cuando te das cuenta de que ha sacado el otro.

¿Qué haría con ella la enfermedad? ¿Qué haría conmigo?

Había una cosa para la que no estaba preparada. El dolor. La exploración fue muy dolorosa, no paró de gritar, me contó unos días después. Ahora estaba esperando el análisis de las pruebas. Mientras tanto, iba a tratarse el resfriado con antibióticos. Empezaba a costarle respirar y la tos no la dejaba dormir.

Hicimos una excursioncilla a Värmdö. Estaba pensando en alquilar una cabaña de verano. Esta vez no quería ir al extranjero. Le pregunté por qué y la respuesta fue simple. Se había cansado de tanto viajar. En eso estábamos completamente de acuerdo. Yo también me había cansado.

El agente inmobiliario con el que había concertado la cita apareció tarde, con las mejillas encendidas. Cuando se dio cuenta de que Olga y yo no éramos pareja, se acercó un poco a ella. No creo que lo hiciera deliberadamente. Pero la naturaleza no soporta los espacios vacíos. En cuando caí yo, él tuvo que ocupar mi lugar, aunque sólo fuera durante una hora.

Olga se animó un poco con aquel cortejo tan discreto y comenzó a andar algo más lento para que el obeso agente inmobiliario no se fatigara demasiado.

Resultó un paseo muy interesante. El agente sabía mucho, no sólo de los inmuebles sino también de sus propietarios. En ciertos casos parecía como si pensara que el mero hecho de que el propietario de una cabaña fuera jefe de servicio en el hospital de Nacka o un directivo de la industria láctea era argumento suficiente. Era un hombre que tocaba muchos palos. Podía presentar una cabaña magnífica con las siguientes palabras: «Pertenecía a una familia noble que hoy por hoy se limita a contemplar sus propiedades a distancia, puesto que el ayuntamiento les ha arrebatado todo, incluso a su hija menor, que se ha casado con un miembro del gobierno local».

Nos distrajo, sobre todo a Olga, con historias sobre muertes inesperadas, quiebras, divorcios, y al final llegamos a una casita que Olga quería alquilar a toda costa, pero que resultó ser muy cara. La propietaria era una mujer de mediana edad que había matado a su marido con un hacha, después había quemado el cadáver entero excepto el corazón, que le extrajo y vendió en el mercado negro.

–Seguro que llevaba maltratándola una década –dijo Olga.

–No, dos décadas –respondió el agente.

Al final no se quedó con ninguna cabaña, aunque volvió e intentó en serio encontrar algo. Era una persona inteligente, pero no se daba cuenta de que uno no puede encontrar lo que ya ha encontrado.

Su refugio era la isla griega de Samos. Era la patria de su padre, seguía teniendo familia en la isla, había sido feliz allí, a veces sola, a veces con algún amigo o alguna amiga. Habló durante mucho tiempo de comprarse algo permanente por la zona, de tenerlo como un lugar de retiro en la vejez.

Yo no alentaba esos planes. No tengo nada en Grecia, ni una ventana. Uno no debe ponerse a amueblar la nostalgia, porque entonces corre el riesgo de acomodarse en ella. La rosa silvestre no ha de crecer en una maceta en el alféizar de la ventana. Ha de crecer alta y poderosa en el seno del corazón y no ha de tener agua ni solución nutritiva. Ha de tener sangre.

«Bueno, bueno...», decía Olga, «tú eres un asceta, ¡no te permites nada aparte de esa verborrea!»

Había algo de cierto. Prefiero una buena frase antes que una buena cena. Al mismo tiempo, tengo mis excesos. Nunca me contento con la verdad desnuda, por ejemplo. Quiero vestirla con un atuendo elegante, elevarla, ampliarla o reducirla, maquillarla. Probablemente por eso me hice escritor y no filósofo. Escribo para un lector. Un buen filósofo está dispuesto a perder a todos sus lectores por la verdad, mientras que la mayor verdad para mí es el lector.

«Eso se llama vanidad», dijo Olga.

Ahí también había algo de cierto. Pero ¿cómo va a aguantar uno pasarse hora tras hora, día tras día, durante meses y años, contemplando un papel en blanco o una pantalla en blanco si uno no es lo bastante vanidoso como para creer que hay alguien que se alegrará con lo que resulte al final?

¿Cuando la vida sigue en el exterior, cuando uno oye los tacones de las mujeres en el empedrado? ¿Cuando el cuerpo de uno alberga tanto deseo que tiene que cortarse las uñas de los pies para no empezar a aullar como un lobo?

«Bueno, bueno...», decía Olga, «la vanidad también es un artículo de lujo. En ese sentido puede que no seas un asceta, para nada. ¡Venga, cómete un trocito de chocolate si te atreves!»

En alguna ocasión me atreví y ella me miró como si esperara que fuera a explotar como un globo en cualquier momento.

He tenido conversaciones parecidas con mi madre.

No debería haber escrito esa palabra. Siempre pasa lo mismo. Abre el romance más largo de mi vida. Olga nunca se cansaba de oírme hablar de mi familia, sobre todo de mi madre. Después de cada historia que terminaba, me observaba con una expresión muy seria en la mirada y decía: «*Good mothering*».

Me gustaba mucho oírla decir eso. Ni el sueco ni el griego tienen una palabra así, un verbo para ser madre, no sólo para el hecho de dar a luz a los hijos sino también para el hecho de cuidarlos.

A Olga le gustaba tanto decir aquella palabra como a mí me gustaba oírla. Probablemente por la misma razón. Aquella noche le brindé una historia bien larga.

10

Las Navidades pasadas fuimos a ver a mi madre a Atenas. Era la primera vez que conocía a mi familia. Gunilla y nuestros dos hijos, nuestra nuera y nuestra nieta. Para celebrarlo, mi hermanastro también vino desde Tesalónica con su hija, el marido de ella y sus dos hijos.

Hacía mucho tiempo que no lo veía y había olvidado lo caballeroso que era. Les besó la mano tanto a mi mujer como a mi hija, aquellos ojos grisáceos que recordaban a los de nuestro padre seguían conservando su brillo. No le sobraba ni un gramo, iba impecablemente vestido y se movía con ademanes brevísimos, como para no darse con el aire de la habitación.

Su nieta menor, una quinceañera de piernas largas y ojos grandes, y mi primera nieta, de sólo un año y medio, congeniaron enseguida.

Mi madre se sentía ignorada por su bisnieta más pequeña. Estaba sentada en un hondo sillón, con todo su peso y sus ochenta y seis años. Hizo amago de agarrar al diablillo que pasaba volando por allí, se le escapó por unos centímetros, volvió a sentarse con mayor pesadez aún y varios segundos más vieja.

–¿Por qué no quieres estar conmigo, pajarillo?

Esa queja ya la había oído yo antes. Cuando nuestro hijo tenía tres años y se negaba a sentarse con mi padre.

«¿Por qué no quieres estar conmigo, pajarillo?»

Seguramente sea la pregunta que todos nos vemos obligados a hacer tarde o temprano. Siempre hay un pajarillo que no quiere estar con nosotros. Pero mi sabia nuera tenía la respuesta.

–Es que los niños pequeños siempre escogen al más joven del grupo –aclaró.

Consolé a mi madre con esa explicación.

–Sí, ya sé que soy mayor, ¡pero tampoco tanto! –dijo coqueta mientras se pasaba la mano por la cuidada melena, que había ido clareando pero aun así mantenía aquellas ondas largas, blanquecinas y suaves como el mar en una tarde de viento.

Estábamos en casa de mi hermano y su mujer. Era Nochevieja. Su piso, muy espacioso, se encuentra en la calle de Hipócrates frente a la Iglesia de San Nicolás. Doy por sentado que el nombre no significa nada para el lector. Para mí es diferente. Más adelante se verá cómo.

Mi cuñada tiene muchas virtudes. Come muy poco, entre otras cosas, y hace ayuno todas las semanas. Pero cuando invita a cenar no se reprime. Entonces no falta de nada. La gran mesa, flanqueada por otras dos más pequeñas, se extendía en el centro de la habitación. En ella había carne asada, a la parrilla y cocida; cordero, buey y ave; había pescados pequeños y grandes; empanadas y ensaladas; quesos y frutas; tartas y pasteles; cerveza y vino.

Saber montar una mesa para una celebración es, para mi madre, señal de que se es una mujer de verdad, y la vi en su hondo sillón contemplando satisfecha el resultado de las molestias que se había tomado mi cuñada. Se dio cuenta de que la estaba mirando, con lo que me guiñó y me susurró:

–De aquí no nos vamos a ir con hambre.

Después frunció la boca como sólo ella sabe. En esos momentos parece una niña de cinco años, le recorre el rostro una expresión de desvergüenza y travesura que ella trata de ocultar tras una culpabilidad autocrítica.

El moralista que llevo dentro no precisa mucho más.

–¡No debes comer mucho, mamá!

Ella sabía que yo diría algo así. Igual que yo sabía lo que iba a decir ella.

–Apenas como, pero disfruto viendo la comida.

—Nadie engorda treinta kilos por mirar la comida.

Son réplicas afiladas, pero rituales, o sea, despojadas de cualquier filo; funcionan más bien como juegos de palabras.

Llevaba ocurriendo bastante tiempo. Yo no tenía más de nueve o diez años cuando empecé a observar con atención su figura. Mi padre, que era bajo y enjuto, también la observaba, aunque desde luego no mucho. Se contentaba con vigilar su propio cuerpo, cosa que logró con éxito. Pesaba sesenta y un kilos cuando yo nací, y lo mismo cuando se murió cuarenta y cuatro años después.

Mi madre y yo seguimos con nuestra lucha. La sermoneaba para que no comiera tanto, particularmente cosas dulces, y ella me alentaba a comer un poco más puesto que parecía un espantapájaros.

A veces la embargaba un profundo arrepentimiento. Recuerdo sobre todo una ocasión en la que los dos estábamos en su cocina. Acabábamos de tomarnos un café, que ella había endulzado en exceso, algo que no pude evitar indicarle. «Esto no es nada, hijo mío. ¡Si supieras la cantidad de azúcar que he comido en mi vida!»

En su voz había un lamento teñido de admiración por semejante proeza.

¿Por qué me preocupaba tanto por su peso? No era por razones estéticas ni de salud. Era la transformación en sí lo que yo, con el conformismo heroico de un hijo, no soportaba. Mi abuelo materno era un hombre entrado en carnes. No lo conocí de otra forma. Yo lo adoraba. Cuando tuvo cáncer y perdió peso, no me gustó.

Con mi madre fue igual. Tomé conciencia de ella como mujer cuando a veces la acompañaba a comprar y veía cómo los hombres se volvían a su paso. Hombres que estaban sentados en las cafeterías con aquellas manos enormes descansando en la entrepierna, hombres con el torso descubierto que construían casas o carreteras y otros que simplemente iban a paso rápido y susurraban algo que yo nunca llegaba a oír, pero que hacía que ella apretara los labios como para encerrar una sonrisa. Todas esas sonrisas que no podía sonreír, sobre todo porque ella era consciente de mi sufrimiento cuando iba a su lado con miedo a perderla en la mirada de cualquiera. Su sencillo vestido de algodón con un estampado de flores grandes era mi consuelo. Nadie que lleve un vestido así podría desaparecer sin más.

Fue entonces cuando comenzó el largo recorrido por los caminos subterráneos de los celos, el miedo a la mirada del desconocido que puede elevar a una mujer a mil metros por encima del suelo, a flotar sobre todas las preocupaciones y las insignificancias, todos los compromisos y las promesas, a olvidar al marido y a los hijos y a mí en particular.

Veía cómo los comerciantes trataban de tocarla cuando le entregaban los artículos que había comprado, cómo su deseo pendía sobre mi cabeza igual que una espada de cortante filo. Yo era el obstáculo. Nueve años y ya era un obstáculo, y de ese modo es como he vivido mi presencia fundamentalmente. Como un obstáculo.

Así me sentí durante mucho tiempo. En cuanto empezaba a salir con una chica me preguntaba a qué experiencias y vivencias se veía obligada a renunciar por mi culpa. Deseaba que me amara alguien que no tuviera que renunciar a nada por mi culpa. Resultó que yo era incapaz de amar a una mujer así.

La verdadera libertad no es, según cree la gente, vivir como queremos, sino no impedir a otros que vivan como ellos quieren.

Ese grado de libertad no lo había alcanzado yo. Aun siendo un hombre de sesenta y tres años, era un obstáculo para el deseo de vivir de mi madre.

Ella no iba a cambiar, ella iba a seguir siendo la que era cuando comprábamos juntos y caminaba un paso por delante de mí con su vestido de flores grandes. Si las mujeres supieran lo enamorados que están sus hijos de ellas, viviríamos en un mundo muy distinto.

No me dio tiempo a profundizar en cómo sería un mundo así. Me interrumpió mi cuñada, que tiene muchas virtudes, sí, pero la discreción no es una de ellas. Con una voz aguda que sonaba un poco tensa, porque intentaba parecer amable también, nos invitó a sentarnos a la mesa.

Mi madre hizo el esfuerzo de levantarse, pero se rindió.

–¿Qué pasa, mamá?

Tenía la cara blanca, incluso los labios habían perdido su matiz rojizo. Vislumbré en su mirada cierta preocupación que se elevaba y descendía como una bandada de papamoscas sobre campos de trigo maduro.

–Nada. He estado resfriada.

No quise darle mayor importancia y me ofrecí a servirle yo la comida allí mismo. Verdaderamente fue un acto de fe. Mis hermanos se acercaron enseguida, mi cuñada los siguió. Mi familia sueca, que no comprendía lo que estaba pasando, nos miraba fijamente.

El comité familiar llegó al fin a la conclusión de que era mejor dejar que siguiera sentada allí donde estaba y servirle algo ligero.

Los demás nos sentamos a la mesa. Trece personas apretujadas una junto a otra hablando en inglés, sueco y griego. De cuando en cuando me volvía y miraba a mi madre. Me di cuenta de que mis hermanos estaban haciendo lo mismo.

Puede que fuera la segunda vez en la historia que mi madre no se sentaba a la mesa con nosotros. La primera vez fue después del entierro de nuestro padre. Entonces se quedó tumbada en la cama intentando seguramente acostumbrarse al gran vacío que había a su izquierda, ataviada de negro e inmóvil como un velero sin viento.

¿O serían otros sus pensamientos?

¿Qué abusos no cometemos cuando intentamos comprender a otro ser humano, sobre todo cuando lo queremos? ¿Qué soberbia la de atribuir a la gente ciertos pensamientos y no otros?

Ya aquella vez pensé que en realidad no conozco a mi madre. La percibía principalmente a través de sus cometidos, sus tareas y sus cuidados. En resumidas cuentas, sabía cómo parece que es mi madre, pero no cómo es.

Habían pasado veinte años desde que mi padre murió. ¿Cómo había vivido durante ese tiempo? ¿Había conocido a otro hombre? ¿Le gustaría que pasara?

Durante una temporada en la que cuando, como de costumbre, la llamaba los sábados por la mañana, parecía como si tuviera prisa por terminar la conversación. A veces oía que llamaban a su puerta y ella decía enseguida que sería el cartero. Pero vive en el cuarto y sé que el cartero ha dejado de repartir el correo de puerta en puerta, ahora se conforma con arrojar todos los envíos en un buzón junto a la entrada del edificio.

No puedo vanagloriarme de que siempre haya sido fiel a la verdad. No puedo ni siquiera vanagloriarme de que siempre haya apreciado la verdad, pero la simple idea de que mi madre me mintiera, de que me ocultara algo, se me antojaba absurda. No sólo absurda, sino revolucionaria. En la relación entre madre e hijo es el hijo y sólo el hijo el que puede reivindicar legítimamente la mentira. La madre ha de ser fiel a la verdad, ella es la verdad en la vida del hijo. A partir del momento en el que una madre miente renuncia a ser madre.

Era una forma de hablar cruel y estúpida. Pero ¿quién era el que hablaba? No el hombre de sesenta y tres años sino un niño de nueve que había hibernado en su interior y al que la menor señal de rechazo por parte de su madre devolvía a la vida. Llevaba muy dentro todos mis cadáveres y se me aparecían en los ventrículos del corazón. Mis ideas y emociones de adulto no eran más constantes que las burbujas de jabón que mi primer nieto estaba haciendo con la misma autoridad con la que Dios creó el mundo.

Me senté a la mesa y cogí un trocito de pan. Me miré las manos asombrado. Recordaban lo que era manipular el pan, que en casa, en Grecia, al contrario que en casa, en Suecia, rara vez se corta en rebanadas. ¿Por qué será?

Para responder a esta sencilla pregunta uno debe analizar el desarrollo económico, las actividades económicas básicas y el crecimiento industrial de los dos países.

En Suecia siempre se le unta algo al pan y desde hace mucho tiempo. En Grecia hasta hacía poco no había nada para untar. No había mantequilla, creo que tenía casi dieciocho años cuando me familiaricé con la mantequilla y diez cuando probé mi primera margarina, que tenía un nombre precioso, Vitam, y que era una mezcla de aceites vegetales y grasa de pescado. Olía como una ventosidad rancia, tenía un sabor agrio y requería mucho azúcar para rebajarlo. Afirmaban que era sano.

La calidad de los cuchillos era otro factor. En casa, en Grecia, no teníamos cuchillos para el pan. El pan no se cortaba, se partía. La mera noción de cortar el pan tenía algo de blasfemo, era como clavarle el cuchillo a un ser vivo.

El primer regalo que traje de Suecia a mi madre fue precisamente un precioso cuchillo muy afilado de Fiskars, si no recuerdo mal. Lo miró asombrada, relucía en sus manos como un delfín en miniatura. Le parecía tan bonito que le asignó un estante del aparador y no lo utilizó nunca.

En mi segundo viaje a casa le di otras dos cosas maravillosas. El cortador de queso y el pelador de patatas. Su destino fue el mismo que el del cuchillo del pan. Incluso a mi hermano se le puso la carne de gallina con el cortador de queso. «Dios mío, ¿vamos a afeitar el queso?», dijo con su característica mueca de rechazo. Mira hacia abajo y un poco a la derecha, ofendido porque la estupidez humana nunca toque a su fin.

Que yo recuerde, ha tenido siempre dos ideas visionarias. El bofetón automático y la televisión con parabrisas. El primero funcionaría de tal forma que uno recibiría un tortazo en cuanto pensara una tontería. Ha hecho bocetos del aspecto que tendría el bofetón automático. Se sujetan dos láminas a la altura de las orejas. Las láminas se mueven en todas direcciones. A través del caracol del oído, se colocan en el cerebro unos electrodos. Esos electrodos los controla un potente ordenador que está programado para «reconocer» la tontería. El ordenador se puede asegurar en la parte posterior de la cabeza, lo más adecuado es en la depresión en la que termina el cráneo y comienza el cuello. Luego se quedaría tranquilo. Cuando alguien pensara una estupidez, el ordenador activaría las láminas, que entonces darían una serie de bofetones en función del peso específico de la estupidez en cuestión. «Imagina lo que sería ir en autobús con un montón de imbéciles», decía restregándose las manos con entusiasmo.

La televisión equipada con limpiaparabrisas está destinada para su uso personal. Le encanta ver el fútbol en la tele, se sienta en su sillón en tensión y va dirigiendo a los jugadores de su equipo favorito.

«¡Pásala ya, por Dios! ¡A tu izquierda, so memo!» Y así sucesivamente. Cuando no hacen lo que él quiere, les escupe y el escupitajo termina en la pantalla de la televisión y entonces se ve obligado a levantarse para limpiarlo.

«No le hacen caso», dice mi madre a veces frunciendo la boca de aquella forma inimitable. Él no se molesta en comentarlo, sino que mira hacia abajo y un poco a la derecha.

Esos dos tienen una relación de lo más complicada. Entienden su pasión por el otro, pero no la pasión del otro. Él es su primogénito. Apenas tenía dieciocho años cuando lo trajo al mundo. ¿Habrá otro ser en la Tierra que tenga la posibilidad de ocupar su lugar en el corazón de ella? A nadie se le ocurriría, excepto a él. Se siente querido de menos, criticado de más, y para él casi todo está por demostrar. Más o menos así se siente ella también. Todo lo que él hace y dice parece una crítica o una falta de la profunda lealtad que ella considera que puede esperar de su primogénito.

Él y nadie más que él la hizo madre. Yo no soy más que una continuación de la proeza de mi hermano y, por extraño que parezca, siempre lo he sabido. Nunca he competido con él por mi madre. Al menos, eso creo. Siempre he sabido que él es el príncipe heredero y que el reino sería suyo. Y yo hice lo que hacen los desheredados. Me fui para procurarme mi propio reino. Pero lo hice sin amargura, uno no puede amargarse porque el sol salga o se ponga. Además, no había ningún reino que heredar.

Las condiciones de la relación entre mi madre y mi hermano y yo estaban claras, pero ¿cómo era la relación con mi hermanastro, que no es hijo suyo? Es cierto que él sólo tenía dos años cuando mi madre lo acogió, pero ella apenas tenía catorce años. Es decir, una niña a la que encargaban el cuidado de otro niño aún más pequeño. ¿Podría ser su madre un día? ¿Podría él ser su hijo un día? ¿Cuánto recuerda un niño de dos años?

No se sabe, no se puede saber. Pero quizá quepa suponer que, aunque no haya recuerdos que un niño de dos años experimente como recuerdos, lo que haya ocurrido existe en algún lugar de su cerebro o de su cuerpo, del mismo modo que mis manos recuerdan cómo manipular el pan a pesar de que no tengo ningún recuerdo de haberlo aprendido.

No debió de pasar mucho tiempo antes de que mi hermanastro se percatara de que aquella muchacha que ejercía de compañera de juegos no era su madre, aunque siguió llamándola así porque necesitaba una madre más de lo que ella necesitaba un hijo en ese momento.

¿Qué significó para él?

¿Qué significó para ella?

Lo miré de reojo, estaba sentado a la mesa enfrente de mí. Había cumplido setenta y cinco años, el pelo se le había caído y se le había vuelto cano, pero él se mantenía erguido y respiraba con calma. Vi cómo le temblaban levemente las delicadas aletas de la nariz cuando entraba o salía el aire. En ese momento entretenía a mi hija con una historia que estaba contándole en inglés, lo que lo tenía un poco tenso. Podía deberse a que él también me miraba de reojo sin que yo lo supiera, lo cual constituye la esencia del mirar de reojo. Uno no puede mirar de reojo a quien es consciente de ello.

Resultó que mi madre también lo estaba mirando de reojo.

–Vuestro hermano no envejece –dijo, y yo supe que se refería a mi hermanastro.

Estaba en lo cierto. Mi hermanastro no tenía edad. Podía tener cualquiera entre treinta y ochenta. Reconocía cada uno de sus gestos y, sobre todo, el más característico. Se tapa la boca con el dorso de la mano. Lo hace desde que tengo memoria. Se debe a que le retiraron quirúrgicamente una parte del labio superior cuando era pequeño. Pero lo interesante es que haya aprendido a tapar lo que experimenta como una herida en la boca con un movimiento tan bello, perfecto. Cuando se ríe, la mano le vuela a los labios ligera y rápida como un papamoscas, uno podría quererlo sólo por ese gesto.

Mi hermanastro no envejece, pero debería haber envejecido. La vida no lo ha tratado bien. Perdió a su madre, tuvieron que quitarle un quiste del labio superior, lo condenaron a muerte en dos ocasiones durante la guerra civil porque se negó a torturar a dos prisioneras partisanas, enfermó tanto que no pudieron ejecutarlo, mi madre vendió un terreno que había heredado para pagar al abogado que finalmente logró liberarlo. Pero desde entonces le cuesta conciliar el sueño. No ha dormido una noche entera en más de cincuenta años. Sin embargo, no envejece.

¿Cómo puede ser? ¿Por qué no está amargado, marcado, atrapado en las garras de un destino cruel donde los haya?

¿De dónde saca esa alegría, esa amabilidad, esa templanza?

Desearía poder aportar otra respuesta distinta de la que el lector ya se ha imaginado. Del amor a su mujer, del amor a sus hijos. ¿Puede ser tan sencillo? ¿No será que nació con esa nobleza del alma?

—Ha bebido el agua inmortal —dijo mi madre como si me hubiera leído el pensamiento.

—¿Dónde está esa agua, mamá? Para que también los demás podamos beber.

Me miró con sus ojos recién operados, había tenido cataratas. Apretó el puño y se dio un golpe suave pero decidido en el pecho izquierdo, como si allí dentro viviera alguien y debiera abrir.

—¡Aquí!

Sentí un ardor repentino tras los párpados, así que me apresuré a salir a la terraza. Últimamente se me llenan los ojos de lágrimas un día sí y otro también. Cuando era pequeño tenía muchos mocos, ahora que soy mayor tengo muchas lágrimas. Pero ¿por qué me conmovía con tanta facilidad? ¿Me estaba haciendo viejo antes de tiempo? Había visto cómo a las personas mayores les salen lágrimas en los ojos sin que uno entienda por qué. ¿De dónde venía ese pesar que me nadaba en el pecho? No hacía mucho ruido, yo no estaba deprimido, no padecía insomnio. Sólo sentía que mi vida continuaba sin mi colaboración. Me daban ganas de llorar. Una tarde del verano pasado en Gotland nos encontrábamos en casa solos mi hija y yo. Estábamos viendo los campeonatos de atletismo y Kajsa Bergqvist ganó en salto de altura. Los dos nos echamos a llorar desconsolados. Mi hija se repuso primero. Se enjugó las lágrimas, me miró con sus preciosos ojos verdes y dijo: «¡Vaya pringados que estamos hechos, papá!».

Si uno tiene grandes sueños cuando es joven, acabará llorando mucho cuando es mayor. Yo tenía grandes sueños. Sobre el amor, sobre el arte, sobre la santidad. Me había designado como mi héroe preferido. Ahora me encontraba en la terraza de mi hermano, resbaladiza por la lluvia, y quería volver a empezar por el principio.

La ciudad era un mar de luz. Los focos de los coches, los letreros de las tiendas, el alumbrado público. Atenas era como un navío a punto de salir a navegar en un caudal de luces. La cantidad de energía que se gastaba debía de ser enorme. Se me ocurrió que el alma fue una metáfora temprana de la energía. También indestructible, aunque sufre transformaciones con las que utilizarla se vuelve más difícil. El alma inmortal fue el prototipo de la energía inagotable.

Los grandes avances científicos en realidad no eran nuevas ideas, sino nuevos oficios. No somos mejores a la hora de comprender el mundo, somos mejores a la hora de controlarlo. Pero cuando tenemos todo el mundo bajo control, sigue habiendo una parte del cerebro que se niega a conformarse, que no quiere participar y celebrarlo, sino esconderse y, desde su base secreta, como un terrorista bien entrenado, nos obliga a observar nuestro entorno con ansiedad, sentimos la succión del agujero negro que no existe fuera de nosotros, sino en nuestro interior, y que crece al ritmo de nuestros éxitos.

–¡Me encanta esta ciudad!

Era mi hermano. Se me había acercado sigilosamente por detrás como si quisiera sorprender a mis ensoñaciones con las manos en la masa. Dejó que sus palabras flotaran en el aire de la noche, como un novio que duda si ponerle el anillo en el dedo a su futura esposa.

No decía esas cosas a menudo. Asentí con aprobación y me dejé llevar al pasado, tenía diecisiete años mientras estaba a su lado y bajo nuestros pies relucía el asfalto de la calle Hipócrates.

Aquí me desmayé de celos hace mucho tiempo, cuando vi a mi novia sonreírle a otro. Nada más que sonreírle. Ella no me había visto. Iba caminando junto a otro tipo que yo no conocía, hablaban animados y entonces se giró hacia él y le sonrió. El blanco de sus dientes emitió un destello y ennegreció mis ojos, no podía respirar, me desplomé. Cuando recuperé la conciencia, ella se inclinó sobre mí con los ojos llenos de lágrimas y los labios temblorosos. Resultó que era su primo. Creo que nunca llegué a estar convencido de que fuera inocente. Yo vi lo que vi. Hay sonrisas y sonrisas. Lo que yo había visto era un sello, una confirmación de lo que ya había ocurrido.

Me había encontrado con la fuerza más oscura de mi alma. Se convirtió también en la más larga de mis batallas, mirarla a los ojos, afrontarla, aprender a vivir con ella. Desprenderse de ella no era posible. Incluso en ese momento, junto a mi hermano pensando en lo que había sucedido hacía más de cuarenta años, sentí cómo se me encogía el corazón, que recordaba el dolor de antaño. Estaba claro que yo no poseía el tipo de corazón que hacía que uno no envejeciera. Al contrario. Mi corazón era viejo desde el principio. Desconfiado, envidioso, siempre reclamando garantías cada vez mayores. Era un hombre pequeño, mi fuego sólo alcanzaba para encenderme la pipa, nada más.

Con todo, esa novia me había elegido a mí, me había esperado durante varios años mientras yo estaba enamorado de su mejor amiga, que nunca llegó a ser mía. Una noche, cuando menos me lo esperaba, se produjo el cambio. Era el día de Juan Bautista y siguiendo la costumbre habían prendido hogueras sobre las que la gente saltaba entre asustada y entusiasta. Las muchachas se sujetaban en alto las faldas, los muslos resplandecían al fuego.

Entonces la vi al fin, la chica a la que no quería, y aquella noche no pude hacer otra cosa que quererla. Fue como cambiar el curso de un río. Toda la fuerza que se había dirigido a la chica que no me quería, se dirigía ahora a la que sí. Era como un milagro. Era un milagro.

Este nuevo amor no era otro amor. Era el mismo amor, el que albergaba en mi interior y no otro. Era el mismo amor con el que seguiría queriendo mientras viviera, aunque yo mismo creyera en todo momento que era otro.

Era una idea reconfortante. Nadie podría despojarme de mi amor, era indestructible.

—A mí también me encanta esta ciudad —dije.

Mi hermano se rio por lo bajo, un poco avergonzado de nuestro sentimentalismo. Yo estaba a punto de decir algo más, pero nos pidieron que volviéramos a la mesa donde ya habían empezado en serio con la cena.

Unos iban llenando los platos de los otros con comida y las copas, con vino, las voces se oían más altas, las mejillas se veían más rojas. Mi hermano y mi hijo brindaron por encima de la mesa, se llevan muy bien los dos, parece que se entienden a pesar de la diferencia de edad y las dificultades lingüísticas. Mi hermano no habla otra cosa que no sea griego.

Mi nieta se puso a gatear por debajo de la mesa e iba apareciendo aquí y allá y la recompensaban con gritos de sorpresa tan entusiastas como los suyos. Seguro que estaba igual de sorprendida de que la reconocieran una y otra vez, puesto que se esforzaba en hacerse pasar por distintos personajes, hacía un momento era un monstruo de movimientos aparatosos y ojos aterradores.

El navío ya se encontraba en el mar. Navegábamos a bordo de la amplia mesa cargada de comida y bebida. Nos sentíamos contentos, incluso felices, de estar juntos, algo que en ese momento parecía lo único natural a pesar de que algunos de nosotros no nos conociéramos de verdad más que como funciones, piezas del mecanismo que formaba nuestra familia. Sabíamos que éramos primos, hijos o nietos y eso era cuanto sabíamos además del nombre, pero a veces hasta eso puede implicar dificultades.

Al parecer mi hijo me había leído el pensamiento, porque alzó el vaso en mi dirección.

–Por el clan Kallifatides.

Su mujer se echó a reír de ese modo suyo a un tiempo abierto y reservado. Es una de las pocas personas que logra crear una unidad de estos opuestos y mi hijo la contemplaba admirado. No bebía, porque volvía a estar embarazada. Mi hija participó en el brindis dándole un sorbito a su bebida de limón. Ella tampoco probaba el alcohol. Está embarazada de sus principios, lo cual irrita a mi mujer, que nunca ha sido capaz de decirle que no a una copa de vino o a un queso curado, otro de los objetos de odio de mi hija.

En resumen, fue una Navidad feliz y como dijo mi madre cuando nos estábamos yendo:

–¡Hoy también hemos comido!

Olga me había estado escuchando sin interrupción. En los ojos se le veía aquella agudeza suya tan característica. No sólo había oído mis palabras, también las había visto.

Después sonrió con su particular sonrisa, que no subrayaba lo que iba a decir, sino que más bien lo tachaba.

–¡Me pregunto qué contarán de mí cuando ya no esté!

11

Me imagino que todos nos hacemos esa pregunta. Sobre todo si eres padre. Te preguntas qué es lo que recordarán tus hijos de ti. Yo también. Llegué incluso a intentar dirigir los recuerdos de mis hijos sobre mí, de tal forma que hacía ciertas cosas o decía ciertas cosas con el objetivo de que las recordaran.

Era agradable imaginarse que en un futuro lejano mis hijos imitaran mi acento o mis expresiones, que se miraran a los ojos y se rieran como yo me reía con mis hermanos cuando hablábamos de nuestro padre. El hombre nos había dejado un sinfín de historias y anécdotas, como por ejemplo aquella vez que se puso a perseguir a un burro con un cuchillo de trinchar para matarlo porque lo había derribado.

Incluso ahora, al escribir esto más de cincuenta años después y en otro país, me río con ganas. Probablemente no haya mejor motivo para querer a un progenitor que el hecho de que se permita resultar ridículo.

Ese era uno de los talentos de los que Olga carecía. No sabía cómo resultar ridícula, aunque le habría gustado. Eso guardaba relación con su intensidad, no con su seriedad. La gente seria puede resultar ridícula con toda facilidad, pero las personas intensas son como corrientes poderosas, se llevan por delante todo lo que encuentran a su paso, uno no se puede reír de ellas, pero sí se puede reír con ellas.

Al cabo de unos días llamé a Olga para ver cómo había ido. Era a última hora de la tarde de un día de mucho viento y para mí el viento es un presagio de la muerte. Sé por qué. Cuando era pequeño vi un dibujo de la Muerte con su guadaña camino de cosechar otra vida, con la larga capa ondeando al viento y esa imagen resultaba casi más aterradora que la propia guadaña.

Olga ya tenía el resultado. Cáncer. De pulmón. Quería consolarla, quería decirle algo. No se me ocurrió nada. Ella me sacó del apuro. Me dijo que estaba muy cansada y que si me podía llamar más tarde o al día siguiente.

Y eso hizo. Había tenido tiempo de reponerse, me aseguró que no pensaba darse por vencida, pero que debía prepararse para unas largas vacaciones. Había mil cosas que hacer.

No le parecía buena idea que me pasara. Conseguí que prometiera que me llamaría en cuanto necesitara algo. No estaba seguro de que fuera a mantener la promesa. Se preparó para la gran batalla de la misma forma que siempre: sola.

Tuve que aceptarlo con gratitud al tiempo que con reticencia. Con gratitud porque no quería arrastrarme a su nueva realidad física, con reticencia porque quería estar presente y abrazarla. Pero no era el único amigo que tenía. Sus amigas se ocupaban de ella. Le hacían la compra, le preparaban la comida, la sacaban a dar breves paseos.

Seguí llamándola y ella me hablaba sin sentimentalismos del curso de la enfermedad, del tratamiento, del dolor. No tenía fuerzas para quedar conmigo. Acordamos vernos varias veces pero después se arrepentía y lo cancelaba. La quimioterapia la dejaba muy cansada, pero por suerte ahora tenía otro médico que le infundió nuevos ánimos. Ella se lo agradeció con uno de mis libros.

Así fueron las cosas durante un tiempo.

Yo intentaba convencerme de que todo saldría bien. Incluso evitaba llamar para no molestarla. ¿Sería eso o era que tenía miedo de encontrarme con ella? ¿Quizá porque me parecería agotador o porque me parecería que ella había cambiado demasiado?

Cabe la posibilidad de que también eso se me pasara por la cabeza. Una tarde fue ella la que me llamó.

–¿Quieres verme la calva? –preguntó.

Ese sería nuestro último encuentro. Entonces no lo sabíamos. A veces me pregunto qué habría pasado si lo hubiéramos sabido. ¿Qué habríamos hecho, qué habríamos dicho?

Abrió la puerta al tiempo que daba un paso atrás. No podía abrazarla, apenas tenía ya sistema inmune, me contó. Me quedé allí con los brazos extendidos como un espantapájaros. Había perdido peso, pero no una cantidad espantosa. En resumen, era la misma persona de siempre. La energía la conservaba, aquella mirada luminosa, los gestos claros. Todo estaba allí y yo me sentía afortunado de verla.

Llevaba en la cabeza un turbante blanco. Se lo quitó con un movimiento dramático. Estaba completamente calva.

–Tienes una cabeza preciosa –dije.

Ella no respondió. No podía. Estaba llorando. En silencio, sin sollozos, sólo lágrimas que le surcaban las flacas mejillas. Yo no hice nada. Me limité a quedarme allí, a su lado, callado.

Al cabo de un rato se enjugó las lágrimas, se sonó la nariz, me sonrió y dijo:

–¡El pelo vuelve a crecer, si es que no me he muerto mientras tanto!

Fue entonces cuando vi claramente que ahora su realidad era la muerte. Todo lo que hacía, todo lo que pensaba ahora tenía un parámetro nuevo y definitivo. La muerte. Vivía con el final y ahí no tiene uno nada que decir. Sólo mira para otro lado o protesta un poco y después se pone a hablar de otra cosa.

El ser humano se las arregla tan bien porque conoce el arte de hablar de otra cosa.

Fue una noche como otra cualquiera. Hablamos de mis hijos, de Grecia, de amigos comunes. De cuando en cuando sonaba el teléfono. Eran sus niños inmigrantes, otros amigos y otras amigas. Hasta su médico llamó.

—Tienes muchos amigos —dije.

—Una lástima que lo descubra tan tarde —respondió.

Poco después nos despedimos. Al día siguiente tenía que acudir al hospital para una nueva sesión de quimioterapia y quería acostarse pronto. Yo me fui a Gotland la semana siguiente.

12

Olga ya estaba muerta y yo seguía en Bungenäs, en Gotland. Cuando murió, mi padre nos legó una sentencia. Así es como hay que ser. De hecho, su muerte fue una noticia tranquilizadora. Con Olga fue distinto. Me colocó ante la cuestión más importante. ¿Cómo se prepara uno para la muerte? ¿Cómo puede uno seguir viviendo como siempre al mismo tiempo que está pendiente de lo inevitable?

Me habría encantado hablarlo con ella. Pero se llevó consigo todas las respuestas. Fueron ese tipo de preguntas las que una vez me impulsaron a estudiar filosofía. Resultaba muy instructivo ver que, cuanto más se acercaba uno a la forma de pensar moderna, más claro quedaba que esas cuestiones ya no se consideraban dignas de debate.

La filosofía había abdicado. Se dedicaba a los análisis técnicos de teoremas, conceptos y afirmaciones. Se dedicaba a los problemas epistemológicos. No eran cosas sin importancia, al contrario. Pero la cuestión de cómo hemos de vivir se abandonó a toda clase de charlatanes. Curas, terapias, piedras mágicas, astrólogos, fanáticos, idiotas: todos ellos tienen hoy por mercado al mundo entero, porque la gente busca un sentido, un contexto.

Seguro que era liberador declarar nulas las antiguas cuestiones filosóficas. Eso no implicaba, sin embargo, que uno se librara de ellas. Lo podía ver en mí mismo. Creía que había neutralizado la cuestión del sentido de la vida.

¿Cómo?

No desechándola sino defendiendo que uno nace en un sentido de la vida del mismo modo que un pez sale del huevo en el mar. Que es una dimensión de la sociedad en la que vive.

No lo habría descubierto nunca si no hubiera emigrado de Grecia, pero una vez llegué a Suecia me di cuenta, al cabo de unos años, de que vivía en un nuevo sentido, no ajeno por completo, pero otro pese a todo. La vida en Suecia se regía por unas hipótesis distintas de las que regían en Grecia.

Trataré de ser más concreto. En Grecia, el sentido de la vida se encuentra en el hecho de pertenecer al mismo grupo que otros. En Suecia el sentido de la vida mira al individuo. A pesar de ello, los griegos parecen más individualistas que los suecos. En realidad es al contrario. Los griegos son seres colectivos que actúan como individuos ante el colectivo, mientras que los suecos son individualistas que se comportan como una parte del colectivo.

Hace algún tiempo me encontraba en una isla griega. El hotel de corte turístico moderno tenía un extenso césped sobre el que hacía gimnasia cada mañana un montón de suecos, bajo la guía de una enérgica y joven señorita de Noruega.

Me estaba bebiendo el café con calma, leyendo periódicos griegos y fumando mi pipa, cuando el camarero, admirado a su pesar, dijo:

—¿Te imaginas a cincuenta griegos haciendo algo así?

Se refería a la gimnasia matutina. No me lo podía imaginar. Podríamos buscar en toda Grecia y no encontraríamos a un solo griego que fuera capaz de imaginárselo.

En la cultura griega, uno quiere diferenciarse del colectivo, al que en el fondo entiende como obligatorio y tiránico. En la sueca, prefiere esconderse en el colectivo, que entiende como tranquilo y seguro. Pero en la playa el comportamiento es el opuesto. Ahí los griegos se apretujan unos con otros, mientras que los suecos se procuran islas propias.

En este nivel es donde se producen los fatídicos malentendidos entre personas de distintas culturas.

Cada sociedad se organiza en torno a un concepto del sentido de la vida y cuando te mudas de una sociedad a otra, también te mudas de un sentido a otro. Te ves obligado a escoger, puesto que no puedes vivir tu vida como una coma entre dos oraciones.

¿A qué nos referimos cuando nos planteamos la pregunta sobre el sentido de la vida?

Existen varias respuestas. Uno puede plantearse si hay un propósito general, que es lo que piensa la mayoría de los creyentes. En ese caso, el sentido de la vida es el propósito que tenga con ella una divinidad.

Yo no soy creyente. Eso no impide que pueda actuar como tal. Por ejemplo, se podría sustituir a Dios por la Naturaleza.

Pero no creo que la Naturaleza abrigue ningún propósito.

Creo que se nace por una casualidad y se muere por otra. Con lo que por mi parte no hay ningún propósito externo. Eso no impide que yo no me busque uno. Que yo administre mi vida de modo que exprese el propósito que tenga con ella.

Tener un único propósito en la vida debería conducir a incoherencias. Si por ejemplo has de vivir bajo el principio de la bondad absoluta, entonces no durarás mucho, a no ser que te escondas en una cueva. ¿Qué pasa con la bondad entonces?

Sucedería lo mismo con el resto de los propósitos que se te puedan ocurrir si permites que uno de ellos prevalezca sobre todos los demás.

Tal vez se pueda buscar el sentido de la vida al revés. Es decir, responder a la pregunta de por qué pasó lo que pasó. Sorprende lo fácil que es encontrar con el tiempo circunstancias y conexiones entre sucesos que en un principio considerábamos independientes por completo.

Incluso puedo imaginarme que al final encontremos un sentido en todo esto. También espíritus más grandes han probado este método. Los errores de juventud se explican con referencia a la sabiduría de la vejez.

Es sin duda una construcción débil, abierta a toda clase de interpretaciones y volteretas lógicas, pero resulta consoladora. Lo único que hay que hacer es vivir como uno desee y cuando ya no esté por la labor de continuar, puede sentarse y «leer» el sentido de la vida en el mosaico que ha formado su propia historia.

¿Cuál habría sido la alternativa para Olga?

Me habría gustado saberlo y estaba a punto de coger el teléfono para llamarla cuando caí en la cuenta de que acababa de morir. Me seguiría pasando durante mucho tiempo.

No era sólo costumbre, sino también necesidad. Olga era la única de mis amigos que compartía mis dos mundos, el griego y el sueco. Nuestras conversaciones se desarrollaban siempre en un territorio lingüístico que era sólo nuestro. Mezclábamos palabras griegas, suecas, inglesas y francesas. Mezclábamos bromas e insinuaciones de distintos ámbitos, podíamos quitarle hierro a una discusión palpitante cambiando de lengua. Ponerme de vuelta y media en ruso era una delicadeza que ella ejecutaba con una energía singular.

Claro que quería llamarla. Claro que seguiré queriendo llamarla.

Tan claro como que ella no va a responder.

13

Hacia la tarde me empecé a sentir inquieto. Me parecía que en lo profundo de mi cerebro había una idea que se me escapaba. Uno no puede evitar preguntarse qué puede ser, igual que uno no puede evitar preguntarse dónde ha metido las llaves del coche, aunque haya decidido dejar de buscarlas. Eso era lo que me había pasado. No encontraba las llaves, pero no estaba preocupado. Sabía que estarían en algún sitio, solo que me preguntaba dónde.

Podía ir en bici al pueblo. O podía ir a pie. Quedaba sólo a cuatro kilómetros de distancia. Me puse mis queridas zapatillas Reebok, la gorra de mi mujer, que normalmente no me dejaba usar, me guardé la pipa, el tabaco y las cerillas en los bolsillos y salí.

Me encontré con Barbro y Göran, que volvían a casa en coche. Göran frenó a mi lado.

−¿Va el señor a caminar? −dijo.

Barbro sonrió.

–Había pensado en ir a ver si está pasando algo en el centro.

Resultó que estaban pasando muchas cosas. Eran los Island Games y entre las islas que participaban se encontraba también Rodas. El equipo de fútbol de allí jugaría contra el de Gotland dentro de una hora o así en Fårösund.

Tal vez fuera entretenido.

Habían pasado ocho años desde la última vez que salí a un campo de fútbol. Fue con el Huddinge IF, la liga de los mayores, y yo era el de más edad. Ya no era posible nada de lo que podía hacer antes. No podía esquivar corriendo a mi secante, no podía hacerle una finta, pero había una cosa de la que aún era capaz: chutar.

Y tuve mi oportunidad. Atacábamos desde la derecha, yo me quedaba a la izquierda hacia el centro y seguía el ataque dando saltitos con las piernas cansadas. Mi secante, bastante más joven, me dejó solo y se acercó corriendo al centro de los acontecimientos.

Entonces llegó el balón. Fue como en una película a cámara lenta. Tuve una eternidad para fijar la mirada en el balón, estimar la velocidad, el efecto, el ángulo a la portería. Casi sin esfuerzo le di una patada, concentradísimo y relajado al mismo tiempo.

Marqué el tipo de gol que sólo marcas unas pocas veces en toda una vida dedicada al fútbol. Cada músculo de mi cuerpo se había implicado, cada kilo. Sabía que el portero no podría pararlo.

Como así fue.

Recibí los aplausos del público y los abrazos de mis compañeros, y después colgué las botas de fútbol. Un gol así no lo volvería a conseguir jamás. Lo sabía.

Muchos pensaron que mi reacción fue exagerada, pero eso se debe a que ellos nunca han marcado un gol así. En realidad un buen tiro es bastante insólito incluso en los entrenamientos. En un partido causa sensación.

Chutar es una habilidad básica para un jugador de fútbol, se podría pensar. Sin embargo, hay poca gente que domine este arte. ¿Cómo es posible?

Probablemente porque no se puede entrenar. Hay muchos factores que concurren y no se pueden entrenar todos. ¿Cómo se entrena la vista, por ejemplo? ¿O el ángulo del pie bajo el balón? Un milímetro más o menos marca la diferencia entre un buen tiro o un mal tiro.

Ser capaz de hacer un buen tiro es por tanto un don.

Yo tenía ese don. Y no sólo eso, sino que además era zurdo.

A pesar de eso, tardé en interesarme por el fútbol. Me interesaba más el atletismo, sobre todo las carreras de velocidad y el salto con pértiga. Era un corredor bastante decente en sesenta metros, quedé segundo en la competición nacional griega para niños de hasta dieciséis años.

Al fútbol jugaba sólo por diversión con el equipo del barrio. Los partidos tenían lugar en una pista de tierra batida, rodeada de ortigas, y lo más importante era evitar que te hicieran un placaje entre ellas, lo que no obstante ocurría a veces para deleite del público.

En una ocasión mi contrincante era un defensa derecho corpulento y malvado, yo jugaba de extremo izquierdo. Me estaba amargando la vida, me hacía marcajes despiadados, durante la primera mitad no llegué a alcanzar el balón. Así que durante la segunda mitad, por sugerencia de nuestro entrenador —o sea, mi hermano mayor—, me limité a correr hacia delante y hacia atrás para que le costara seguirme el ritmo. Y se me presentó una oportunidad. Cogí el balón al vuelo y me dirigí a la portería. Él se precipitó hacia mí, pero yo iba a toda velocidad y lo rodeé como si fuera un poste telefónico. Perdió el equilibrio y se cayó de boca. Chuté a diez metros de distancia, el portero no tuvo ninguna posibilidad.

El público estaba extasiado.

«¡Que se joda!», gritaban animando, «¡que se joda!»

No estaba seguro de quién tenía que joderse, si el portero o el defensa, no hice nada. Pero ya tenía el virus del fútbol en la sangre. Fue también después de ese partido cuando me invitaron a hacer una prueba para el equipo juvenil del Panathinaikos.

Acepté la invitación, aunque no sin una angustia enorme. El Panathinaikos era mi equipo favorito, más aún, era mi gran amor. Seguía al equipo lo mejor que podía junto con otros muchachos del barrio que tenían el mismo interés. Perderse un partido en casa era impensable, pero no siempre tenía la posibilidad de seguir al equipo en los partidos que jugaban fuera.

En el Panathinaikos también jugaba mi ídolo, un extremo izquierdo por naturaleza, que hacía unos regates terroríficos como los que muchos años después le vi practicar a Johan Cruyff. De todos los jugadores que he visto, sólo esos dos podían en un movimiento pasar por delante de su oponente y dejarlo atrás como si se hubiera transformado en una estatua de sal.

Permitidme que sea un poco pedante. Hay muchos jugadores que pueden regatear. La mayoría, sin embargo, regatean hacia atrás, algunos regatean hacia el lado y sólo los mejores regatean hacia delante, y así ganan terreno. Un extremo debe ser capaz de regatear adelante a toda costa.

Estudié a mi ídolo en detalle. Me pasé horas entrenando por mi cuenta en el pinar, donde los pinos eran los defensas. Estaban inmóviles, pero eran muchos. Al final creí que había empezado a comprender cómo tenía que hacerlo.

Llegó el gran día. El entrenador de los juveniles era un hombre muy agradable, muy afable, a pesar de que su apellido le ocasionaba ciertos problemas. Y es que significaba «polla». Me preguntó si me había traído las botas de fútbol. En aquella época no se movía mucho dinero en el fútbol. Sólo te daban la equipación, y en ocasiones ni siquiera eso.

No tenía botas de fútbol, así que el entrenador me dejó que buscara en un saco con las desechadas del equipo de primera. Encontré un par con las que me sentía un poco raro por los tacos tan duros.

Empezamos con unos ejercicios sencillos, después nos dividió en dos equipos de siete. Mientras tanto, unos curiosos se habían sentado en las gradas y algunos de los jugadores a un lado del campo. Entre ellos, mi ídolo. Creía que me iba a desmayar.

Mi primer contacto con el balón se produjo sin dramatismo. Tuve bastante tiempo e hice un pase al centro hacia el primer palo. Fue un buen pase que nos dio un córner, que también saqué yo.

Entonces oí a mi ídolo decirle al entrenador:

—El chaval tiene buen toque.

Esas palabras fueron mi billete de entrada al equipo juvenil, después al segundo equipo y finalmente a la suplencia del equipo de primera, donde me dio tiempo a jugar una única vez y sólo durante los últimos quince minutos, cuando el Panathinaikos ya se había asegurado la victoria. Sin embargo, tuve una oportunidad de chutar y erré muchísimo el tiro, y comprendí que una cosa era chutar bien en el entrenamiento y otra muy distinta chutar bien en el partido cuando te están mirando treinta mil personas.

Sea como fuere, no llegué más lejos. El servicio militar se interpuso, duró veintiocho meses enteros y cuando por fin me licencié tenía preocupaciones muy distintas al fútbol. En aquella época no era una carrera profesional, sino un mero juego.

Aunque esa no es toda la verdad. También me había dado cuenta de que no llegaría a ser tan bueno como quería. Mientras tanto, vi el mejor fútbol de la historia, el de la selección nacional húngara con Puskas –el comandante galopante– a la cabeza según los periódicos griegos. Vi a aquel once tan inmenso demoler casi sin esfuerzo a la selección griega por 7-0 igual que podría haber sido 14-0.

Era un fútbol deslumbrante. Rápido, exacto, bello y efectivo. En comparación con esos jugadores uno se sentía como un elefante con cojera.

Aunque esa tampoco es toda la verdad. Había aprendido algo durante mis años en el Panathinaikos. Chutaba mejor, corría de una forma más inteligente, pero nunca llegué a dominar el regateo eficaz. Me inventé una finta muy buena, que funcionaba cuando el defensa se dirigía hacia mí, pero no cuando yo me dirigía hacia él.

Pero la mayor debilidad era el juego de cabeza. No me atrevía a darle con la cabeza. Los balones de aquella época eran tan pesados que había que ponerse un casco para salir ileso.

Dejé el fútbol y me marché a Suecia con la esperanza de una vida mejor. Y aquí fue donde me llegó una nueva oportunidad. Por distintas vías se extendió el hecho de que yo no era tan malo y el AIK me invitó a entrenar con ellos.

Y yo acepté, sólo para que me quedara aún más claro que mi momento había pasado. Y no sólo el mío, sino también el del fútbol que había aprendido a amar. Ahora habían empezado a dar paso a veintidós muchachos fuertes y altos que se empujaban unos a otros en el campo. Se parecía cada vez más al rugby y menos al fútbol.

El resultado de mi periodo de prueba en el AIK fue que lo dejé definitivamente. Aunque está claro que si hubiera sido mejor me habría quedado. Se había vuelto infinitamente más complicado ser un buen delantero y los extremos iban desapareciendo. El juego se concentraba más y más en el centro del campo y ahí yo no tenía nada que hacer.

Desde entonces para mí sólo ha existido el fútbol aficionado. A veces veo algún partido en la televisión, sobre todo cuando estoy en Grecia. Allí me siento con mi hermano mayor y sus comentarios me divierten más que el juego.

Lo echaba de menos cuando estaba sentado en las gradas del estadio de fútbol de Fårösund esperando a que comenzara el partido.

Había acudido bastante gente. Y muchas chicas jóvenes, que se paseaban tranquilamente delante de las gradas para que las pudieran ver bien. Una de ellas era muy guapa, muy muy guapa. Además tenía una forma de andar muy elegante, no como una adolescente sino como una estrella de cine.

Resultaba maravilloso contemplarla.

Entonces oí a alguien a mi lado que decía:

–¡Hay que ver cómo contonea el trasero la señorita!

No era en absoluto una observación original, pero la hicieron en griego. Y al mismo tiempo no. Era un griego que no reconocía. Había un tono en la voz que no había oído nunca. Un tono cansino, holgazán, vulgar.

Vi que era un grupo de muchachos griegos, probablemente jugadores de reserva, que se habían sentado aparte. Afiné el oído y presté atención a lo que decían. Entendía todas las palabras, pero aun así no me dejaba de sonar como un idioma extraño.

Quería gritarles que dejaran de hablar, que estaban ultrajando mi lengua, me estaban ultrajando a mí, me daba vergüenza oír sus comentarios sobre la gente que tenían sentada al lado o sobre lo que pasaba en el campo. Al final fue uno de ellos el que miró en mi dirección.

–¡Fíjate en el mariconazo ese! ¡Con lo roja que tiene la jeta le va a dar un infarto en cualquier momento!

Aquello me pareció demasiado. Pero yo no soy un tipo heroico. En lugar de enfrentarme a ellos, me fui con las manos bien metidas en los bolsillos. Entonces encontré las llaves del coche que habían desaparecido. Estaban en el fondo del bolsillo derecho.

En ese momento vi que la chica aquella tan joven y tan guapa se acercaba a paso lento. Ese es el aspecto que debía de tener Ifigenia cuando se dirigía a la hoguera donde la sacrificarían para aplacar a los dioses.

¿A qué dioses aplacaría esa chica? ¿Las miradas de los muchachos?

Una idea nueva brotó en mi conciencia como una campanilla de invierno.

«El sentido de la vida no hace falta para vivir. Hace falta para poder morir.»

Seguí mi camino. Había sido una buena tarde. Había encontrado las dos cosas que buscaba. Las llaves del coche y el sentido de la vida.

14

Alguien dijo que si uno no puede morir por algo, a la postre muere por nada.

¿Había algo por lo que yo pudiera morir?

Era una pregunta antigua. La mayor parte del adoctrinamiento ideológico cuando crecemos era precisamente aprender por qué merece la pena dar la vida.

No faltaron candidatos. El Rey, la Patria, la Fe, la Familia, la Constitución, el Ejército, la Gloria, el Futuro, la Humanidad, el Arte.

El hecho es que yo he creído en todo eso en distintos periodos de mi vida. El proceso que podríamos llamar madurez en mi caso no fue otra cosa que una lucha ardua para liberarme de esa herencia.

Lo primero que cayó fue el Rey. No fue culpa suya, sino de sus partidarios. Los monárquicos de mi pueblo no eran precisamente la corona de la humanidad. De modo que no resultó muy doloroso desprenderse de él.

Con Dios fue más difícil, pero cayó con el conocido problema de la teodicea. Si Dios existe, entonces no es justo –las injusticias a mi alrededor eran más que evidentes– y si no es justo, entonces no es Dios. Elegí una vida sin él, y me costó mucha energía buscarle un sustituto. No se puede vivir sin un objetivo, una libertad sin límites es tan insufrible como la esclavitud.

Deshacerse de Dios, sin embargo, no era lo mismo que deshacerse del cristianismo, cuyo relato ha impregnado cada gota de mi sangre. Santos, mártires, ermitaños, padres de la iglesia seguían habitando en mi interior, casi con independencia de mí.

Amaba una forma en cuyo contenido ya no creía, nada más. Así es aún hoy. Rara vez puedo pasar por una iglesia sin detenerme a visitarla, informarme acerca de sus fundadores, de sus santos. El cristianismo seguía siendo la materialización de una espiritualidad en la que hallaba placer, pero no consuelo ni fuerza.

El arte desapareció cuando me hube familiarizado con sus condiciones en la Atenas de los sesenta. Corrupción, nepotismo, senderos secretos entre distinciones y alcobas, lenguas capaces de lamer todos los culos a la vez, petulancia, vanidad, maneras y modales, distintas mezclas de idiotez inteligente o inteligencia idiota, lacayos perspicaces que custodiaban la puerta al Templo sagrado. ¿Cuánto tiempo tarda un templo custodiado por proxenetas en transformarse en un burdel?

Sorprendentemente, fue el honor de la Patria el que más resistencia ofreció. Mientras hacía el servicio militar, lo aborrecí de principio a fin. Mi plan era simple: sobrevivir. Hasta que mi compañía cambió de capitán. Era un soldado de élite, un paracaidista militar que por distintos motivos había caído en desgracia y tuvo que resignarse con liderar una compañía de holgazanes y comunistas como yo.

Me enamoré de él, aunque no en un sentido erótico. No sólo era guapo, había algo más. Era alto y esbelto, pero aun así se le podían distinguir todos los músculos a través del uniforme. Rasgos afilados, paso ligero, gestos eficaces, voz clara sin crudeza. Era el animal macho más noble que había conocido y sigue siéndolo. Sólo de pensar en él enderezo la espalda.

Por él podría sacrificarme por mi país. Fue un descubrimiento revolucionario. Hasta ese momento tenía claras las categorías de la vida. Aquí estaba la razón, ahí la moral y allí la estética.

Entonces caí en la cuenta de que no había categorías distinguidas, que no había un criterio puro. La razón pura era una ilusión tan grande como la moral pura o la estética pura.

El criterio impuro era parte del ser humano y el sueño del criterio puro era su pecado original. Lo mismo se había dicho antes con otras palabras. El hombre es la medida de todas las cosas, decían los antiguos. Aunque se les escapó un detalle, y es que el hombre no está satisfecho con ello.

Durante unos años turbulentos me desprendí del resto de los grandes propósitos. Me sentía como un amante impaciente que empieza a quitarse la ropa por el camino que le conduce al mágico espacio donde lo aguarda su amada.

Pero cuando llega descubre que su amada no está exultante de alegría sino que baja la vista, avergonzada e incómoda ante una desnudez que no desvela al verdadero hombre sino a un hombre sin forma, sin contornos. En resumen, un hombre reducido a su cuerpo.

No nos convertimos en pájaros porque nos procuremos alas, pero sin ellas nos convertimos en gusanos.

La cuestión seguía en pie: ¿había algo por lo que yo pudiera morir?

15

La respuesta es que no. En cambio, sí hay *alguien* por quien moriría. Mis hijos.

Desde los comienzos de mi vida, sin verdaderamente entenderlo ni valorarlo, me encontré con la solidaridad total que mi padre sentía hacia nosotros. En 1945 los ingleses lo liberaron después de cuatro años de infierno en las cárceles nazis. Escuálido, febril, medio demente por todas las agresiones asistemáticas y la tortura sistemática, loco de anhelo por su familia, partió a pie para llegar al pueblo.

No se trataba de unos pocos kilómetros. Se trataba de una distancia de unos doscientos. Además, los caminos eran peligrosos, las bandas estaban causando estragos, por lo que tenía que medir sus pasos con mucho cuidado, esconderse, dormir al aire libre a veces y a veces en graneros o cobertizos. No tenía nada de comida a excepción de un paquete de conservas, pan duro y unas galletas de chocolate que la Cruz Roja ofrecía a todos los presos que liberaba.

No lo abrió. Al cabo de seis días andando llegó a casa, dejó el paquete en la mesa y le dijo a mi madre: «Esto es para los niños».

Ya lo he contado antes, pero volveré a contarlo unas cuantas veces más. Era lisa y llanamente algo nuevo en mi vida. Hasta entonces había oído un montón de historias de lo que es capaz de hacer una madre para proteger a sus hijos, alimentarlos, infundirles calor, consolarlos.

Pero con los hombres era distinto. Se sacrificaban por los grandes propósitos que ya he mencionado. El rey, la patria y demás. En este caso se trataba de un hombre que resistió el hambre durante seis días por sus hijos.

Dio la casualidad de que era mi padre, pero lo importante era que fuera un hombre. Unos años después volví a ver que se repetía. Uno de mis primos, de mi edad, sufrió una dolencia repentina que le destrozó los dos riñones. El único modo de salvarle la vida era encontrar a alguien que pudiera cederle uno de los suyos.

En aquella época, a principio de los años sesenta, una operación así podía resultar mortal. El trasplante podría terminar con que tanto el donante como el receptor murieran. Aun así, el padre de mi primo no dudó un segundo. O si dudó, no hubo nadie que lo viera.

Le dio uno de sus riñones al hijo. Los dos sobrevivieron. Mi primo también consiguió ventajas duraderas por tener un solo riñón, llegó a ser algo así como una celebridad y las chicas se arremolinaban a su alrededor.

En otras palabras, me había convertido en un hombre que ya no estaba dispuesto a morir por las grandes causas, pero que sí estaba dispuesto a morir por sus hijos. ¿Y el resto de la familia? ¿Mi madre, mis hermanos, mi mujer?

Podía planteármelo, pero no me parecía de fuerza mayor. Era más algo que podría llegar a hacer en ciertas circunstancias, pero no en todas. Estaba sujeto a condiciones.

Me resultó satisfactorio llegar a esa conclusión. Sin embargo, había un problema, una cuestión preocupante. Si uno está dispuesto a morir por alguien, ¿no está también dispuesto a matar por ese alguien?

Desde la adolescencia he tenido sueños tenebrosos en los que mato a otra persona. No sueño con el acto en sí, no he soñado nunca cómo mato a alguien, sino con la certeza de que lo he hecho. Me he despertado unas cuantas noches con el corazón palpitándome en el pecho. Morir nunca me ha asustado tanto como matar a otro.

Al parecer hay una frontera en mi interior y a veces me pregunto qué podría hacer que se borrara esa frontera.

Lo único que me cabe esperar es no averiguarlo.

Era mi última noche en Bungenäs por esa vez. Cuando salí a cerrar la verja, vi a Birre caminando despacio por el camino mientras llamaba a su gato, que había vuelto a irse.

Me entraron ganas de hacer lo mismo. Salir al camino y llamar a Olga.

Olga… Olga… ¿Dónde estás?

16

Ya sabía dónde estaba Olga. La misa había terminado y la gente se acercaba al ataúd para despedirse. Milena lloraba tan descarnadamente que tuve que bajar la mirada. Sonja trataba de mantenerla en pie. Su marido estaba detrás de ella y le pasó la mano por el hombro. Me cayó bien por aquel gesto.

Había muchas personas que lloraban abiertamente, otras tragaban saliva. Yo aguardaba mi turno. Noté mi cuerpo extraño cuando me vi delante de su ataúd. Deseé que una idea elevada y reconfortante se apoderara de mí. En vano.

Tenía mil imágenes de Olga en la cabeza. Ninguna de ellas me había advertido de aquello.

Regresé a mi sitio aún más desconcertado. No me había despedido. Al contrario. Había hecho un pacto con ella, aunque no tenía muy claro acerca de qué.

Entonces fue cuando sucedió. Cuando toda la gente había vuelto a sus asientos, la pastora retomó la palabra. La verdad es que no la estaba escuchando. De repente dijo algo en griego: «Ο θεος μετα παντων υμων. Que Dios esté con todos vosotros».

Fue un gesto para los griegos allí presentes. Fue un gesto que me atravesó el alma. Esas pocas palabras lo hicieron todo real. La muerte, el dolor, el viento que soplaba ese día.

Noté un sabor a sangre en la boca. Una muerte a dos voces, de las cuales sólo una parecía real.

¿Cuánto depende de mi lengua si basta con unas pocas palabras griegas para eliminar cuarenta años de vida en sueco?

Eso estaba pensando, y tomé una decisión enseguida.

Tengo que volver a Grecia.

De lo contrario nunca averiguaré qué es lo que se esconde en lo más profundo de mi alma.

Dios es la verdad y la lengua es Dios.

Al cabo de un rato habían servido café y sándwiches en la preciosa sala de la congregación. Algunos tuvieron que marcharse, pero otros muchos se quedaron. Sobre todo griegos. Eran mis griegos, mi generación de inmigrantes.

Hablé un rato con Konstantina; es tan mayor como yo o más, aun así sigue siendo muy guapa, a pesar de que ha sufrido enfermedades propias y ajenas. Otra más que al parecer bebía el agua inmortal de la que hablaba mi madre.

Georgia tampoco había envejecido, ni siquiera por dentro. Era la misma persona cálida y generosa que siempre había sido y eso vibraba en torno a ella como si llevara un generador bajo el vestido negro. Tenía los ojos enrojecidos, abrió la boca para hablar, pero no dijo nada. La abracé un rato y después seguí.

Fui de mesa en mesa saludando. Le di un abrazo a algunos. Le di la mano a otros. Después me perdí. No sabía dónde sentarme. Parecía que casi todos se habían sentado en compañía de otra gente.

Georgia, que no sólo era guapa sino también muy observadora, lo vio y me hizo un gesto para que me sentara con ella. Me senté aliviado. Le conté lo que me había ocurrido cuando la pastora pronunció las cinco palabras en griego.

A ella le había ocurrido lo mismo. Se le había puesto la carne de gallina, todavía no se le había pasado.

–Imagina que hayamos vivido mal toda nuestra vida –dije.

Ella se rio con su risita ronca.

–Esto no es como en la canción. No podemos cambiar de vida.

Me contó que ahora vivía sola, sus hijos habían volado del nido, sólo salía con alguno de los griegos que había en aquella habitación. No dejó de sonreír mientras hablaba, como si se refiriera a una amiga suya. Había en esa actitud una dignidad que envidiaba.

No nos dio tiempo a profundizar en la materia. Había llegado la hora de los discursos. Varias personas me habían preguntado si iba a decir o a escribir algo. Respondí que no a las dos preguntas. ¿Por qué? Porque me pareció que en realidad dirigían las preguntas al escritor, no al amigo de Olga. No iban con mala intención, pero no quería hablar de ella como escritor. La nombré indirectamente en una sola ocasión en uno de mis libros y creo que se avergonzó.

Hubo varias personas que se levantaron para hablar. Milena también, aunque lloró sin control. Al final, se terminaron los discursos.

Entonces vi a Yorgos, un amigo desde mediados de los sesenta que se dirigía hacia nuestra mesa. Lo envidiaba en muchos sentidos. Para empezar, tenía una fuerza increíble, rompía en dos el listín telefónico como otros rompen una hoja de papel. Nunca me atrevía a darle la mano si antes no me prometía solemnemente que no iba a apretar. Él y su compinche, que también se llama Yorgos y que era al menos igual de fuerte, tuvieron en los sesenta una empresa de reparación de coches a las afueras de Bromma. Yo iba allí con mi destartalado Saab. A veces cuando iba a salir de allí con el coche recién reparado se escondían detrás y lo agarraban. Por más que aceleraba no me movía del sitio.

Yorgos es bondadoso y tiene sentido del humor. Siempre me llamaba Alektor, que significa gallo, por la época en la que compartía un lectorado con otros dos o tres doctorandos.

Sabe que me cae bien. Yo sé que le caigo bien.

—Voy a salir a fumar. ¿Me acompañas? —preguntó.

Fumar era otra cosa que nos unía. Los dos fumábamos en pipa. Y el mismo tabaco: Mac Connel, cuya desaparición del mercado lamenté mucho. Pasé bastante tiempo buscando, probé diferentes tipos, al final me enganché a uno de los más comunes. Borkum Riff.

—¡Borkum Riff! —dijo Yorgos resoplando mientras sacaba una lata sin abrir del apreciadísimo Mac Connel.

—¡Cómo demonios es posible!

Agitó las manos en un gesto cuyo significado requiere una monografía menor para que lo entiendan quienes no son griegos. Un resumen sería que todo es posible para aquel que sabe lo que hace.

Me invitó a un pellizco. Engullí la primera calada y se me llenaron los ojos de lágrimas del placer. Así que no es de extrañar que le confiara lo que acababa de vivir.

—De vuelta a las raíces –dije.

—No vas a aguantar más de una semana –respondió.

Sabía que tenía toda la razón. Además no era el momento adecuado.

—Olga ya no está –dije.

Me miró con aquellos ojos grisáceos.

—No.

Nos quedamos callados un rato. El viento arreciaba, llegaba a rachas violentas, recordaba mucho al bofetón automático con el que sueña mi hermano. Del interior de la sala llegaba una canción griega. La preciosa voz de la cantante entonaba el estribillo. «Sólo una noche.» En mi estado de alteración extrema lo entendí como un presagio.

—Tengo que volver.

—Así que piensas volver. Permíteme que te cuente una historia. ¿Conoces la de la liebre y la tortuga?

—¿Te refieres a la de la liebre que nunca alcanza a la tortuga?

—No, al contrario. Entonces, ¡no la conoces! A ver. Érase una vez una liebre que salió a pasear. De repente, ve que un águila enorme está cayendo en picado. Se aleja todo lo que puede brincando, encuentra un arbusto y se esconde. Se queda muy quieta porque el águila no se ha rendido, sino que va sobrevolándola en círculos esperando su oportunidad. La liebre sigue quieta, tan quieta como puede, cuando de pronto nota que algo la penetra por detrás. Despacio, muy despacio gira la cabeza y ve que hay una tortuga. Y entonces dice. «Fíjate. ¡Gracias al águila incluso las tortugas pueden jodernos!»

La moraleja era obvia. Si uno tiene miedo de que se lo coman, acaban tirándoselo.

Si uno tiene miedo de perderse donde está, se perderá dondequiera que vaya.

–Tienes razón. No voy a volver.

–No, no debemos permitir que Olga se quede aquí sola. Era una mujer a quien amar.

Volvía a tener razón y resultaba muy doloroso que ya no pudiéramos decírselo a ella.

En el camino a casa me decidí a escribir un libro sobre Olga. Iba a escribir una novela. Nuestra amistad la habían forjado autores mucho peores que yo. Las circunstancias y la casualidad y la gente que nos rodeaba.

Tenía que darle un sentido a todo, se lo debía.